地の果てへ

～最後の贈り物～

高見 翔
Takami Sho

郁朋社

地の果てへ　～最後の贈り物～／目次

装丁／宮田麻希

地の果てへ

～最後の贈り物～

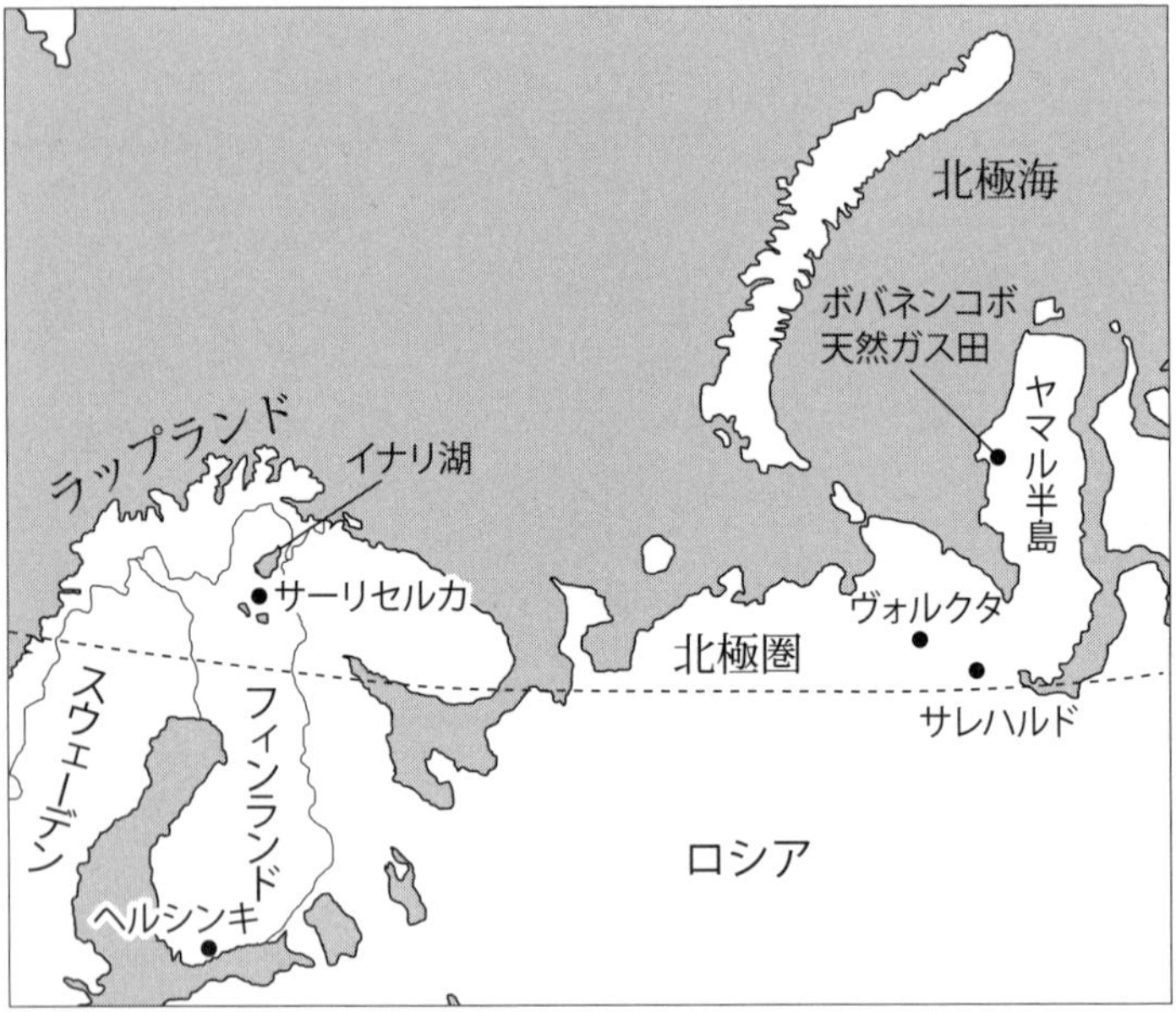
北極海
ボバネンコボ
天然ガス田
ラップランド
イナリ湖
ヤマル半島
サーリセルカ
ヴォルクタ
北極圏
サレハルド
スウェーデン
フィンランド
ロシア
ヘルシンキ

序章　シベリアの北極圏　ヤマル半島

　今から、八〇年ほど前のことである。ネネツ族のゴシャは、旅の途中で途方に暮れていた。旅といっても、トナカイとともにエサ場を求めて移動する遊牧のことである。

　南北七五〇キロ、東西二四〇キロ。ロシアの極北に縦長く突き出たヤマル半島を、夏は大量発生する蚊やブヨを避けて北上し、冬は魚も凍る極寒を避けて南下する。移動距離は年間で一二〇〇キロあまり。自分の家族、妹夫婦、そして二〇〇頭ほどのトナカイと、毎年繰り返される遊牧の旅である。

　事件が起こったのは、夏のヤマル半島を半分ほど過ぎた辺りだった。トナカイの好物である地衣類（苔）が豊富にあるエサ場があったのもあり、大型の移動テント・チョムを設営し、数日滞在していたときである。

　妹夫婦の幼子がふたりとも発熱をし、加えて看病をしていた夫婦ともがひどい倦怠感から、動けなくなっていた。

　悪い前兆はあった。今の野営地に着く一〇日ほど前、朝起きると一二頭のトナカイが死んでいた。オオカミに襲われたのであれば牧犬が吠えるだろうし、体に咬まれたような傷もなく、代わりに、顔の所々に瘡蓋《かさぶた》のような黒い斑点があった。灰白色の体毛は粗く逆立っており、何かの悪い病気に罹《かか》ったらしかった。

死体は、男たちだけで沼のひとつに沈められた。全域が北極圏に位置するこの半島では、一年の八カ月が冬であり、いずれ、沼は厚い氷に覆われ自然の棺桶になる。ただ、最初の沼——表面に銀色の膜が張っていた——には、うまく沈まなかった。それどころか、浮き輪でも付けたように体半分が浮いてしまい、そのため、わざわざ引っ張り上げて別の沼に沈め直さなければならなかった。

その後、妹夫婦の家族全員が体調を崩した。暫くは、幼子ふたりをソリに乗せて旅を続けていたが、良好なエサ場に出くわしたのもあり、今の場所に野営をしたのだった。

野営をして数日が経った日のことである。そろそろ、次のエサ場に向かわなければならない。かといって、子供たちが快復する様子もなく、悪いことに妹夫婦もともに寝こんでしまった。

ゴシャはその日の朝、妹家族の容態を見に、一〇メートルほど隣に立てられたテントへ寄ってみることにした。

何本もの支柱を組んでテントを立てる際、通気口として上部に拳ほどの隙間を空けておく。その隙間から、ふだんなら朝食の準備やらで薪《まき》ストーブの煙が立ち上がっているはずである。ところが、見上げた先には、薄曇りの空が広がっているだけだった。

周りは見渡す限り起伏の少ないツンドラ(永久凍土帯)の大地。いくら季節が夏だといっても、朝は冷涼である。だからではないが、ゴシャは悪い予感に凍える思いで、テント入口の使い古した革の扉を開いた。

内部には、いつもの燻《くすぶ》った匂いが漂っているにしろ、四人家族用の広い空間は、人の温もりを感じさせない重い冷気に包まれていた。中央に置いてある鉄製の薪ストーブには、まったく火の気がなかった。その左側に、腰掛け程度の低い木製の食卓があり、昨夕差し入れた魚のスープが手つかずのまま鍋に残っていた。その奥で、妹の夫が倒れていた。

すぐにゴシャが起こそうと手を差し出す寸前で、口元の吐血に気づいた。そして、ハッとなった。青白くなった顔をのぞき込んだとき、その両頬には死んだトナカイと同じような黒い斑点があったのだ。その不気味な死斑が目に焼きつき、そのまま眼球を突き抜け自分の体内にも転移してきそうなほど恐怖を覚えた。思わず、後退《あとずさ》った。すると今度は、その右側に横たわる妹と子供たちが目に入った。

妹も息をしていなかった。子供ふたりは地面に敷いたトナカイの毛皮に横たわっており、顔をのぞき込むと、娘のほうだけが辛うじて息をしていた。

大人ふたりと男の子。遺体は感染を避けるためにトナカイの毛皮でくるみ、ソリで運んだ。降雪のない季節であっても、ツンドラの大地は岩盤並みに堅く、少し掘っただけで凍土層にぶち当たる。よって、比較的土壌の柔らかい湖沼のそばに、遺体を置いた。

通常、その上に毛皮を被せるだけで、墓石はなかった。それでも遺体の重みで沈み込み、いずれ凍り付いて土壌と一体化した。そしてなぜか、その付近には苔や草花が育たず、それがかえって墓地のしるしとなり、仲間内からも崇《あが》められたのだった。

第一章　旅立ち

1

北欧の北極圏に広がる地域は、隣接するロシアの一部も含めてラップランド（サーミの大地）と呼ばれ、そのフィンランド側の北部に、サーリセルカという小さな町があった。

冬はマイナス三〇度、何カ月も深い雪に覆われた極寒の地ではあったが、良質なパウダースノーのお陰で、スキーリゾート地として、またトナカイゾリの体験やオーロラ観賞もできる名の知れた観光地だった。そして、その大きな役割を担っているのが、トナカイの放牧や遊牧で知られる先住民サーミの人たちだった。

彼らの住まいは町の中心――といっても、ロッジ風のホテルやスパ、ハンバーガー・ショップなどが数ブロック内に集合しているだけ――から車で北東へ一〇分ほど、スキー場のある［カウニスパの丘］にも至る丘陵地のくねった雪道を行ったところにあった。

背の高い針葉樹林を借景にして、木造平屋の家々が点在しており、そのひとつにアントン（七〇歳）の家があった。

親子代々トナカイの遊牧や放牧で生計を立てており、近年はそれを活かした観光業にも携わっていた。よって、ファーム（牧場）を有した敷地には、広い間口から入って、左側に平屋の自宅と右側に観光客向けの見学小屋（旧母屋）が建っていた。

見学小屋の板壁は、長年の風雪からすっかり赤茶けており、目立ってきたひび割れを隠すためもあり、自ら捌《さば》いたトナカイの毛皮が横並びで三枚掛けてあった。それがちょうど、観光のビルボード（野外広告）にもなっていた。

アントンの家族は、息子夫婦と五歳になる孫の四人である。妻には一年前に先立たれた。そのため、観光客相手に夫婦でやっていた見学小屋での「サーミの伝統とトナカイとの生活」についての話は、長い間お預けになっていた。

老後の小遣い稼ぎとして始めたものだが、いつしか民族の歴史や遊牧生活について話すことが楽しみにもなっていた。もっとも、お喋りは専ら妻の役割で、アントンは紺地の民族衣装をまとい、木製の伝統的民具（桶や水差し、バターを作る攪《かく》乳器など）を説明に合わせて掲げたり、あとは見学者たちとの記念撮影のモデル担当だった。

観光客はヨーロッパ諸国ばかりか、アジア各国からもやって来た。説明は、サーミ語を交えたフィンランド語と片言の英語で行われた。使用するのは、遊牧の様子を写した昔の古い白黒写真や白樺の葉に刻んだ耳型――トナカイの耳に切り込みを入れ、所有者を識別するための原型――。

話が終わってからの観光客、特に若い女性との記念撮影も満更ではなかった。だが、妻が亡くなってからは、客をもてなす気力がわかなくなった。そんなときだった、アントンの心境に大きな変化が起こったのは。

クリスマス・ウイークが過ぎた一月初旬の頃である。夕食時になっても自宅に帰ってこないアントンを、息子夫婦のヘンリク（三六歳）とリサ（三二歳）がダイニング・キッチンで心配していた。

「おやじは、どうしたんだ？　また、コタにでも行ったのか」

コタとは、遊牧の際にサーミ人が使う移動用・獣皮テントのことで、それを模した大型のものが観光用として、一キロほど離れた雪原に立てられていた。そこはトナカイゾリの体験ツアーに参加した客が、最後に立ち寄るところである。ちょっとした小屋ほどの広さがあり、中央の囲炉裏《いろり》ふうの所で薪が燃やされ、冷えた体をホット・ベリージュースを飲みながら温めるのである。

その場所を、誰もいなくなる遅い昼下がり——といっても、冬の日照時間は長くても四時間ほど。午後三時には夜の帳《とばり》が降り、四時には星が光っている——、アントンは昔の生活を懐かしむかのように、度々訪れるようになっていた。だから、夕食用にトナカイ肉を煮込んでいたリサも、ヘンリクと同じ思いだった。

「たぶんね。さっき、天気予報でブリザード警報が出ていたから、早く迎えにいってあげたら。ただし、近いからといって、スノーモービルはだめよ。車で行くのよ」

身長一七〇センチで中肉中背の父親アントンに比べれば、ヘンリクは一八五センチの大柄である。その妻のリサも、出産後は一段とふくよかな体型になり、お気に入りの普段着、ピンクのセーターと黒のコットンパンツが少々きつくなっていた。唯一、胸あたりまで伸ばしたストレートのブロンド（金髪）が、上品さを見せていた。

ヘンリクについては、森林地帯のみならず、日頃の移動は自分の足に頼るアントンと比べれば、もっぱら車やスノーモービルを利用するので、色白というのもあって引き締まった体には見えなかった。そのため、男らしく見せたいのもあり、ダークブラウンの口ひげと顎《あご》ひげを、むさ苦しくない程度に伸ばしていた。それでも、親からは今でも小言を言われていた。

「わかってるさ。おやじは時々、若者がスノーモービルに乗るせいで、森の地形を覚えないって愚痴るからな。そうはいっても、近頃は冬でも無断で森林伐採をする連中がいるから、その見回りにも必要なんだ。なにせ、歩けば三時間かかるところを、スノーモービルなら二〇分で行けるし。おやじには何度も言ってるのに、昔のやり方を変えようとしないんだ」

その件は度々、親子ゲンカの種になっていた。

「子供へのクリスマス・プレゼントだって、ゲーム機だと知ったとたん、よそにやってしまうし」

クリスマス・イブの前日は、地区の持ち回りで近所にプレゼントを配って回ることになっている。サンタ伝説の本場らしく、トナカイの毛皮で作った服を着てサンタ・クロースに扮し、トナカイゾリを牽《ひ》いて夕食の頃に訪問するのである。今回はアントンの番だった。

白い付けヒゲまで用意して張り切ってやったのに、よりによって孫に渡す予定だったゲーム機を、間違えてよそに配ってしまった。通常はクリスマス当日にプレゼントを開けることになっているが、気づいたときには、すでに使われたあとだった。それ以来、アントンに対する息子や孫の態度がよそよそしくなっていた。

「あれは間違えたって、お父さん、ちゃんと謝ってたじゃない」

「そんなこと言っても、けっこう高かったんだ。せっかく、奮発してミカのために買ってやったのに」

「そんなことより、さあ、愚痴るのはあとにして、早く迎えにいったほうがいいわよ」

「わかったよ。しかし、せめて携帯でも持っててくれたら、すぐに連絡が取れるのにな。おやじの頑固さにも困ったもんだ」

ヘンリクが紺のダウン・ジャケットを羽織ると、キッチン・テーブルの一角でお絵かきをしていたひとり息子のミカが声をかけた。

「パパ、早く帰ってきてね」

ミカは三歳ぐらいまでは色白の母親似で女の子みたいな顔立ちだったので、父親としては心配が尽きなかった。事件らしい事件がない平和な田舎町にしても、近年では色んなところから引っ切りなしに観光客がやって来る。もちろん、トナカイの放牧に加え、もっと観光業にも力を入れたい身としてはありがたいことだが、無頼《ぶらい》な輩《やから》や粗暴な酔っ払いは犯罪者――誘拐犯か変質者にしか見えなかった。ただ最近では、成長とともに自分に似てきたのもあり、そのことを内心嬉しく思いつつ、我が子と過ごす家族の団らんが一番の楽しみだった。

「すぐ戻ってくるから、いい子にしてるんだぞ」

ヘンリクは黒のニット帽を被りながらそう言い残すと、雪が舞いだした外へ急いだ。

2

家族がアントンを心配している頃、当の本人はテントではなく、自宅敷地内の見学小屋にいた。古い木造平屋の室内にある暖は、一〇人ほどが囲める手作りの木製テーブルに置いた、一本のローソクだけである。部屋奥にある昔ながらの古い暖炉には、長らく火が入っていなかった。

室温は0度ほどであっても、もともと、アントンは寒さには慣れていたので、特に防寒着を着なくても平気だった。いつもは、息子夫婦から六〇歳の誕生日にもらった愛用の青いセーター（胸に春を想わせる白い花柄の刺繍《ししゅう》がしてある）とトナカイの皮をなめして作ったズボン、それに細かい刺繍の入った赤い民族帽を被っているだけだった。それで外温がマイナス三〇度であっても、内外の寒暖差もあって寒さをあまり感じなかった。そして、寒さへの一番の特効薬、ウォッカの小ビンを手にしていた。

アントンは、テーブルの周りにある観光客用の木製の長イスに座り、板壁に横並びで掛けてある自分たち夫婦のコルトと呼ばれる民族衣装を眺めていた。祭りごとや結婚式、息子の入学式や卒業式など、何か特別な催しのたびに着た美しい正装服である。

紺のフェルト地で作られた厚目の上着は、膝丈ほど長めで、首周りや袖口には妻が施した黄色や赤の刺繍が際立っていた。妻用には、レースの白い胸当てと金の丸いアクセサリーが掛けてあり、腰回りには刺繍の入ったベルトもあった。

アントンはウォッカを片手に、衣装に向かって懐かしげに話しかけていた。

「かあさん、今日は少し暖かかったよ。夜間は吹雪くそうだが、このままなら、今年も暖冬だろうよ」

ふた口目のウォッカが、また喉《のど》を焼いていった。強い酒は飲み慣れているとはいえ、アルコール度数四五度には、自ずと「クウッー！」という悲鳴にも似た声がでた。

「息子は相変わらず、忙しそうだ。柵の修理、森の見回り、この前なんか、トナカイ飛び出し注意の標識があるところから、また大きなオスが道路に飛び出して車にぶつかったそうだ。それで、その処理のために警察から呼び出されておった。連中はトナカイの耳型を見ても、所有者まではわからんからな。しかし、まあ、柵はあっても道路に沿って何十キロも続いていたら、どっかは壊れているだろうし、積もった雪のせいで、あいつらは柵なんか軽く飛び越えるからな。だけど、昔は車も少なくて、あまり事故なんかなかった。今では観光バスや輸送トラック、最近ではレンタカーで来る旅行者も多いからな。まあ、ともかくも、いろんな連中が来るから、息子もいろいろ苦労してるようだよ」

三口、四口とウォッカを立て続けに飲むと、胃が熱を持って体がほんのりと温もってきた。

「もっとも、観光客が増えてくれたおかげで、生活は楽になったたし、いい小遣い稼ぎができたのも確かだ。しかし、客の相手は楽しかったなあ。あれは日本から来た若い娘たちだったか、わしのツルツル頭の赤ら顔を見て、可愛いとか言いよった。でも、満ざらでもなかったよ。どうやら、酒は顔のしわを艶《つや》やかにしてくれるらしい」

確かに、その顔立ちは年齢の割りには悪くなかった。長年の雪焼けから、色白の北欧系には見えないにしても、酒を飲まずに黙っていれば、落ち着いた佇まいのなかにも精悍さを湛えていた。

アントンは民族帽の上から手で頭を軽く撫で、中身が半分ほどになった酒ビンに目をやった。

「それにしても……」

ウォッカが体に回って気持ちがほぐれてくると、内心のどこかに引っかかっていた蟠《わだかま》りが浮かび上がってきた。それは孫のミカのことだった。クリスマスのプレゼントは、わざと間違えたわけではない。それでも孫は、それ以降、あまり口をきいてくれなくなったし、愛称の「アンじい」とも呼んではくれなくなった。

代わりに自分が買ってやれば、機嫌は治っただろう。だが、値段を知って驚いた。子供向けのゲーム機なのに、五万（円）もする品物である。いくら本人が欲しいと頼んでいたとはいえ、五歳の子供には高すぎた。

以前、自宅のリビングで、孫が父親に最新のゲーム機をねだっていたのを覚えている。それは、イブの三週間ほど前のことだった。

「ニンテンドウがほしいんだ。新しいのはマリオだってピカチュウだってできるし、ほかにもたくさんのゲームができるんだ。パパの好きなテトリスだってできるし、テレビにつなげば、みんなで遊べるんだよ。コントローラーも外せるし、とってもクールなんだ」

五歳の子供が通販番組のセールス並みに、とても饒舌《じょうぜつ》に話をしていた。

「そういえば、孫が寝たあと、夫婦で話し合っていたな。ゲームに夢中になり過ぎはしないか、対戦ゲームは子供には残酷じゃないか。いろいろと心配はしていたが、時間制限ができるとか、どんなゲームをやってるかは親が監視できるとかという理由で、結局ＯＫを出しおった。わしは、目が悪くなるから反対したんだがな」

当時の苦々しさが、再び込み上げてきた。

「確か、スコッチとか、スイッチとか言ってな。わしは酒のほうが好きだがな」

そこでまた、ひと口流しこんだ。

「だけど、せっかく周りには豊かな自然があるんだ。そんな小さな画面の中で、ちまちま遊んでどうするんだ。それに、どうせ対戦するなら、トナカイの扱いを覚えるほうが先だろう。釣りだって言ってみれば魚との対戦だし、オオカミが相手なら命がけだ。そんな高いおもちゃを買うぐらいなら、そろそろナイフでも与えて、肉や魚の捌き方を教えるほうが、よほど孫のためになるっていうもんだ」

この地区では、トナカイは組合管理による共同放牧だった。放牧といっても、高さ一メートルほどの柵が国道や一般道に張り巡らされているぐらいで、地域一帯が広大な放牧地になっている。そのため、春と冬の年二回、家族総出で［囲い込み］が行われる。雪原に設けたグランドほどある円形の囲（柵）に、放牧していたトナカイを追いこんで、食用やソリの牽引《けんいん》用に振り分けるのである。食用に選ばれたトナカイは、その場で解体される。それもナイフ一本、素手で捌くのである。もちろん、子供も親に付き添い、昔からのやり方を覚えていく。実際、その年の春には、ミカも両親に同伴する予定になっていた。

そんなことを思っていると、遠い昔の記憶が蘇《よみがえ》ってきた。トナカイを追って雪原を駆け巡っていた子供の頃、移動用の獣皮テントを張って家族と過ごした日々。猟だけではない。日々の糧を得るための、河川や湖での釣りも楽しかった。ただ、そんな思い出は、孫にも話して聞かせてきたことだし、釣りにも何度も連れていった。

「ミカには、もっとワクワクすることが必要なんだ……。そういえば、ゼルタの何とかというゲームを、やりたいって言ってたな。伝説だったか、冒険だったか……」

ふいに浮かんだ言葉が、なぜか心に引っかかった。

「冒険？　そうか、冒険か……。それも悪くないな」

だが、五歳の子供を冒険の旅に連れ出すのは危険だし、第一、息子夫婦が賛成するはずもなかった。

再び酒ビンを見つめた。そして、ピンと閃《ひらめ》いた。

「そうだ、自分で行けばいいんだ。そして、おもしろい体験談を聞かせれば、孫もきっと興味を持つだろう。良い刺激を与えてやれば、将来は立派な大人に育ってくれるはずだ。でも、どこへ行けばいいんだ？」

今度は眼差しを壁の衣装に向けた。それをしばらく見ていると、また閃いた。

「そうだ、ヤマルだ。ヤマルへ行こう」

そこはアントンが幼い頃、家族と過ごした遥か遠い望郷の地だった。

ヘンリクが妻から連絡を受けたのは、大型テントに寄ったあとだった。

「何だって？　今しがた戻ってきた……。わかった、すぐ帰るよ」

携帯電話を切ったあと、「まったく、もう」と、つい愚痴った。

その頃、アントンは赤ら顔で、リビングのふたり掛けソファでくつろいでいた。

室内には、その白い革製のソファのほかにも、色合わせの木製テーブル、長年使ってきた家具類、息子が買い替えたばかりの４Ｋテレビ、それに暖炉のそばには薪（白樺や赤松）が積んであり、四人家族にとっては少々手狭になっていた。それでも、夜はランプ・シェードやキャンドルがもたらす柔らかい光に、周りのものが陰影に隠れるのもあり、それほど気にはならなかった。

窓際には、自ら作った手のりサイズの木彫りの置物が並べてあった。トナカイやウサギ、ライチョウなど、かつて狩猟で手にした動物たちであり、見事なナイフ捌きによる滑らかなフォルムが美しかった。

テレビよりは、それらを見ながら窓越しに外を眺めるのが好きだった。

家畜小屋へと続く中道を挟んで、右手に見学小屋が、左手には柵越しに広がるファームが影となって夜の静寂に包まれていた。オーロラの出る夜は、辺りが淡く緑に染まることもある。また、最近では、リサが窓際に観葉植物と赤いキャンドルを置いたお陰で、窓辺に積もった雪の上に淡い明かりを落としていた。

その穏やかな雪明かりをぼんやりと見ているだけで、しぜんと心がなごんだ。そんな、安らかな心情になっているときだった。重い足音がして、目の前にヘンリクが厳《いか》めしげに立った。

「父さん、どこへ行ってたんだ？　あちこち捜したんだぞ」

明らかに怒っている口調だった。

「どこへも行ってないさ。小屋で、かあさんと思い出話をしてただけだ」

「まったく、携帯を持ってないんだから、出かけるときは、行き先ぐらい言っといてくれよ」

「行き先って、小屋も自分の家だろ」

キッチンからリサが、空腹のあまりむずがりだした息子を気にかけて言った。

「それぐらいにして、食事にしましょう。今日はランプ肉のシチューよ」

それは男たちの好物であるトナカイの尻肉だった。玉ねぎやニンニクをバターで炒めた香ばしい匂いが、リビングにも漂ってきた。つい、腹の虫が鳴ったヘンリクが、急かすように言った。

「さあ、父さん、食事にしよう」

「実はなあ……」

「何だよ」

アントンは自分のプランを早く打ち明けたかったが、まだ不機嫌そうな息子の態度に思い留まった。ただ、少しは事前に良い感触をつかんでおきたかったので、当たり障りのない程度に言ってみた。

「そのうち、旅、いや旅行に行こうと思うんだ」

「旅行って、どこへ？」

「まだ、はっきりとは決めてないが、たまには他所《よそ》の空気を吸うのもいいかなと思ってな」

「そりゃあ、かまわないけど。決まったら、また教えてくれよ。それより、こっちは腹がへってるんだ。さあ、食事にしよう」

ヘンリクは面倒くさげに話をそこで打ち切ると、トナカイ肉の香りに誘われるようにダイニング・キッチンへ向かった。仕方なく、アントンもあとに続いた。

夕食後、自分の寝室に戻ったアントンは、早めにベッドに入った。そして、懐かしい地へと想いを馳《は》せた。

幼い頃に過ごしたツンドラの地は、故郷というには広すぎて取り留めもなかった。なにせ、冬は見渡す限り白一色の大雪原。夏はそれが広漠たる原野となり、氷雪が溶けて多くの湖沼が現れる。そんなところを、トナカイとともに移動するのである。良好なエサ場があればテント生活が少し長くなるだけで、定住することはない。常にオオカミから襲われる危険があるにしても、勇敢な牧犬が守ってくれる。途中、途中での魚釣りも楽しい思い出であり、天日干しした魚の味も舌に残っている。

そんな記憶が蘇ってくるとともに、ますます憧憬《しょうけい》の念が高まり、アントンは夢の中でツンドラの大地を自由に駆けていた。

3

アントンは、まだ真っ暗な早朝から見学小屋にいた。予報通り、昨夜から外は吹雪いており、すでに窓は吹き殴る雪で真っ白になっていた。テーブルに置いたローソクの明かりのもと、旅への準備に余念がなかった。

「食料はトナカイの冷凍肉四ブロック、いや、予備もいるから五ブロックにするか。干し肉が五袋、それから、気つけにウォッカが三ダースはいるな。いや、あまり荷物が重くなるとトナカイがばてるから、二ダースにしておくか。あとは、調理用の鍋もいるし、簡易テント用に毛皮も何枚か揃えないとな。それから……」

テーブルの後ろの壁には、トナカイの毛皮で作った上下の服が掛けてあり、その下には、やはり手作りの防寒靴が置いてあった。服の腰あたりには、革の鞘《さや》に入った愛用のナイフも一緒に掛けてある。ほかの仲間たちのものより、ひと回り大きく、頑丈で切れ味も抜群な自慢の一品である。それを久々に手に取り、鞘から抜いてみた。

手入れを欠かさなかった刃には、これまで切ってきた肉塊や脂の雲りが仄かに浮かび上がっていた。それがローソクの明かりを帯び、獣の怨念《おんねん》が乗り移ったかのように妖《あや》しい光を放っていた。それは瞳孔を震わせ、トナカイを捌いたときの光景が蘇ってきた。冬でもナイフの扱いは素手である。

雪上で頭を落としたトナカイを仰向けにして、まず左右の毛皮を剥《は》いで広げる。それから腹を上から下まで割いていく。毛皮の保温熱で、内臓がいたむのを防ぐためだ。だから、寒いと言ってる暇はなく、作業は手早くやらなければならない。もし手がかじかんだら、腑《はらわた》に手を突っこんで温める。手やナイフが血のりで真っ赤に染まるのは、男の誇りだった。肉を切り分け、伸した毛皮とともにソリで運んだ。

「そうだ。荷物の準備がすんだら、ソリの点検もしないとな」

見学小屋の脇には展示用として、木製のトナカイゾリが置いてあった。伝統的な小舟型ではなく、改良したひと回り大きめなものである。箱形の台座を頑丈な特製のスキー板が左右を支え、荷物をのせての長距離移動に適していた。

徐々に準備が整っていくと、今度は同伴の選定も必要だった。ソリの主たる牽引は、もっぱら丈夫なオスのトナカイである。長旅になるので二頭欲しいところではあるが、雪原クルーズのソリ用に六頭が貸し出されており、交代で休息を取る予備の一頭しか都合がつかなかった。

荷物の多さを考え、イヌゾリ用に使っているシベリアン・ハスキーのアリも連れていくことにした。アリはアントン家で生まれたなかの一匹で、家族同様にかわいがられていた。成犬になったその外観は、同種の仲間と同じくオオカミふうではあるが、腹をすかせた野生の粗さはなく、豊かな毛並みと太い尻尾、そしてピンと立った両耳から、キリッとした精悍さを醸《かも》しだしていた。体毛は頭と背がすみ色で、顔と腹が白く、その奥には持久力に富んだ筋肉の盛り上がりがあった。また、名前は、瞳が明るく澄んだブルーだったので、サーミ語のアリヒ（青）にちなんでアリと名付けられた。性格は温和、ただ吠えると吊り目になり、その眼光は鋭さを増してクマをも威嚇《いかく》するほどだった。寒さにも強く耐久力もあり、牧犬としても優れていた。

現地までは、片道二二〇〇キロあまり。それからやっと、半島での旅が始まる。それを含めれば行って帰ってくるのに、ざっと見積もっても一年半ほどかかる。それでも苦に感じないどころか、むしろ高揚感を覚えるのは、幼い頃に刻まれたエンドレスの遊牧生活の記憶からだった。それに、トナカイが人に危害を加えない憶病な動物とはいえ、今回は何百頭もの世話をする必要もなく、かえって気が楽だった。

ただ、半島の付け根にあたる南端には、夏前には着きたかった。というのは、トナカイの嫌う蚊が大量発生する前に北上していき、厳冬の到来前に今度は南下しなければならないからだ。そうすれば、トナカイのエサも賄《まかな》えていくし、途中で釣りをすれば自分や犬の食料も補給できる。よって、半島南の出発点に着くためには、少なくても冬の数カ月を移動に費やさなければならない。ソリ移動には積雪が必要だし、河川が凍結していればトナカイや犬の負担も減ることになる。

そういう理由で、出立はゆとりをもって夏の終わり頃と決めた。ひとつ気がかりなのは、例年なら九月には降雪が始まるにしても、暫くは積雪が十分ではないだろうし、雪のない夏場の移動も考慮しなければならない。そこで、車輪付きの台車を作り、ソリをのせることにした。そうすれば、冬場には台車を補助の荷台としても利用できる。早速、材料を揃えて作業に取りかかった。

こうして、アントンは着々と［単独冒険の旅］への準備を進めていき、そして九月の中旬にもなると、いよいよ旅立ちの時が迫ってきた。

九月の下旬に入り、ついに出発の日が訪れた。その日の未明、まだ辺りが真っ暗なうちにアントンはベッドから起きだし、いつもの普段着と外出用の防寒着をまとった。防寒着のダウンジャケットは二〇年ほど前に妻からもらったもので、トナカイの体毛のような明るかった灰白色の生地は厳しい冬の洗礼を受け、今では渋味を増してモミの樹皮みたいな暗灰色になっていた。

服装が整うと、早速、準備に取りかかった。もちろん、まだ家族は寝静まっている。まず、前日に書いておいた手紙を室内テーブルに置き、それから足音を立てないようにして家を出た。そして、ファームの左手奥にある家畜小屋に向かった。

前日に下準備は全てすませてある。あとはトナカイと犬のアリを連れだせば、準備完了である。すでに外は氷点下、たっぷりの降雪が待ち遠しかった。

ほどなくして家畜小屋に着くと、トナカイはほとんど鳴かないので、アントンは先に犬舎をのぞいた。薄暗いなか、人の気配を察したのか、六頭ともが目を覚ましていた。まず、吠えないように自分の顔にフラッシュライトを当てて安心させ、横たわった犬たちに右手をかざしながら小声で言った。

「シィー。いいか、静かにしてるんだぞ」

犬たちは少しは尻尾を振るものの、概《おおむ》ね大人しくしていた。まず、アリの頭を撫でてから隣のトナカイ小屋に連れていき、次に、事前に当たりをつけていた丈夫そうなオスの一頭を連れだした。蹄《ひづめ》が頑丈で、角の色艶・バランスともよかった。あとは荷物を積んだソリに、二頭を繋ぐだけである。

表口に続く中道は舗装してあり、ソリをのせた車輪付き台車のお陰もあり、さほど物音は響かなかった。

こうして、アントンは周りに気づかれることなく、ヤマル半島に向けて無事に旅立ったのである。

4

父親のアントンが朝食に現れないのは、決して珍しいことではなかった。もともと早起きだったのもあり、家族より先に前日の残りもので朝食をすませることが度々あった。また、見学小屋に入り浸りで夕食時にいないのも珍しくはなかったので、その日の夕食時に父親が現れなくても、ヘンリクは大して気に留めなかった。

そんな理由で、ヘンリクが父親を見学小屋まで呼びに行ったのは、いつものように妻から夕食時に催促されてからだった。そして、幾つかの不注意が重なり、さらに発見が遅くなってしまう。

まず、見学小屋の小窓から、明かりの有無を確認しただけなのがまずかった。もう少し、室内を注意深く見回していたら、その変化に気づいただろう。たとえば、展示用の毛皮服や防寒靴、そして、ナイフまでもがなくなっていたこと。また、小屋の周辺にも注意を払っていれば、ソリがないのにも気づいただろう。さらに、表の板壁に掛けてある毛皮が、三枚ともなくなっていたことも。

うっかりしていた——というより、いつものように辺りが暗かったからである。寒空のうえに星の光さえなければ、見慣れた光景でも一段と夜の闇に埋もれてしまう。だから、様々な変化を見逃したヘンリクは何の心配もなく、父親がよく立ち寄る観光客向けの大型テントへと向かったのである。

だが、そこにも姿がないとなると、初めて不安が芽生えた。それでも、行き違いになっただけで、自宅に戻れば父親は帰っているだろうと自分に言いきかせた。しかし、家に着いてもその姿がないと、さすがに不安を抑えきれなくなった。そこで、父親の部屋に行き、やっとテーブルに置いてある手紙に気づいたのである。

読んですぐ、詳細が書いてなくても無謀な旅だと直感したのは、父親の年齢を考えれば当然のことだった。ましてや、寒さに慣れているとはいえ、九月でも氷点下に下がるのは珍しいことではない。極寒の冬が、また始まろうとしているのだ。ヘンリクはすぐさま、ランドローバーに飛び乗った。

その頃、アントンは一般道から大きくそれてショートカット、つまり移動距離を短くするため、森や樹林帯の道なき道を進んでいた。だから、ヘンリクが車で一般道を二時間あまり捜し回っても、アントンを見つけられなかったのは当然だった。

リサが気を利かせて警察へ電話をしていたが、小さな町でもあり、夜間捜索の体制など取りようもなかった。そもそも、置き手紙によれば、外出の理由はひとり旅だと明瞭であり、翌日、小雪が舞い始めたなかで行われた捜索は、パトロールついでのお座なりなものだった。もっとも、ヘリを飛ばして大々的にやったとしても、眼下は背丈の高い針葉樹林や白樺の連なりばかりである。至るところ死角だらけの森林からは、とうてい発見などできなかっただろう。

当のアントンといえば、すでにロシアに接する東側国境近くまで南下しており、サンタクロースが住むという双峰の雪山・コルバトォントゥリ（四八三メートル）へ向かっていた。

ソリをのせた手作り台車の調子は悪くなかった。それでも、丘陵地のアップはソリを降りて後ろから押したりして、トナカイとアリの負担をできるだけ軽くした。

当初、出足好調だったにしろ、人里から離れるにつれ様々な危険があった。まず、国境沿いでは森林（国境）警備隊と遭遇する恐れがあったし、さらにオオカミやクマに襲われる危険もあった。特にクマはこの季節、冬眠を控えて大食漢になっている。そのため、進むほどに人の気配だけでなく、動物の鳴き声や足跡までにも細心の注意を払った。

アントンがトナカイも含めて野生動物の狩猟から離れて久しいが、周囲に張り巡らした神経の緊張が、かつての鋭い感覚や感性を呼び起こしていた。さらに、針葉の高木が立ち並ぶ奥深い森林を進めば進むほど、息子世代ほどではないにしても、すっかり染まってしまった都市並みの便利で文化的な日常の生活が、心と体から徐々に抜けていくようだった。

第二章　永久凍土帯（ツンドラ）

1

一年の半分以上を氷雪が支配するツンドラの大地。その中で、西シベリアの北極圏に入ればば高低差の大きい丘陵地も少なくなり、北上すればするほど視界を遮るものが皆無になってくる。そこには、単調に延びる地平線を隔てて、大空と強風が吹き荒ぶ広漠たる大地が広がっている。だからといって、いつも眺望が開けているわけではない。横殴りの降雪はもちろんのこと、大地を縦横無尽に吹き抜ける強風は地吹雪を起こし、進むべき方向を奪ってしまう。

そんな厳しい自然が待つ大地へ向かって、乏しい記憶だけを頼りにアントンはひたすら進んでいた。決して楽な旅ではないにしろ、幾つかの好運が重なったのは幸いだった。それは、ひとつには目的地へと向かう凍った河川があったことである。

一日の走行距離は、せいぜい十数キロ。それが氷上となれば、優に二〇キロあまりは進むことができる。利点はそれだけではない。第一、氷上を走ればトナカイたちの消耗が軽減されるし、ソリの揺れからくる乗手の体や腰への負担も少なくなる。

ふたつ目は、なにより人の姿が皆無だったことである。

冬の間、ぶ厚い氷が張った河川は道路として利用され、物資運搬の大型トラックや氷道整備用のメンテナンス車が通ることもある。ただ、牛よりトナカイが圧倒的に多い地域では、遊牧が日常にあるので、トナカイゾリを見ただけでは別に不審者とは思われない。仮に職務質問をされたとしても、すでに上下ともトナカイの手作り毛皮服に着がえており、遊牧の途中だという言い訳ですんだだろう。もっとも、当の本人は、そんな心配など微塵《みじん》もしていなかったが。

アントンは、渡り鳥が磁場にでも導かれるようにして、ひたすら目的地へと向かっていた。そして、そこへ徐々に近づくにつれ、定住はしていないので故郷というものがないにしても、里帰りでもしているような懐かしさと高揚感が立ち上がってきた。

いよいよ、森林限界を越えて樹木の姿が見えなくなると、視界が果てしなく開けてくるとともに、嵐の前兆にも似た疾風が体を叩くようになっていた。しかし、そんな風さえもアントンは懐かしく、気づくと風音を伴奏にして、久々にヨイク（サーミの人たちに伝わる独特な即興歌）を口ずさんでいた。

長い冬が終わっても、大地を覆っていた氷雪は暫くは溶けないで残っている。そのほうがソリは滑りやすいし、トナカイや犬も疲れないですむ。ところが、これからアントンが本格的にヤマル半島を北上しようという段になると、すでに前方には土色の大地が現れ始めていた。やがて、残雪が少なくなってソリの進みが鈍くなり、車輪走行（台車）に切り替えなければならなくなった。

幸いだったのは、多くの湖沼のお陰で湿地帯が広がり、草原もあってエサ場には困らなかったことである。通常、トナカイは、冬場は蹄で氷雪を掻き出しながらエサを探す。だから、固くて冷たい障害がないぶん、好物の苔や白い花の茎を見つけては、のんびりと食《は》んでいた。そんな休憩を取っている晴天の昼下がりのことである。

アントンは釣ったシロマスのスープとパンケーキ（小麦粉を練って焼いただけのもの）で昼食をすませ、ソリの上で微睡んでいた。すると突然、何かの鳴き声がした。それに起こされ、周りを見渡してみると、先ほどまで近くで休んでいたアリが一〇〇メートルほど先にいて、何かに向かって、しきりに吠えていた。

「どうしたんだ?」

アントンは大きめの声でアリに呼びかけ、戻るように手招きした。が、鳴きやまないので、ソリから降りて行ってみることにした。

アリは沼地の一端の草むらにいて、アントンがやって来ても犬歯を剥き出しにして吠え続けていた。それほど吠えるのはオオカミやクマと対峙するときぐらいであるのに、その視線の数メートル先には、ねっとりとした土壌があるだけだった。

訝《いぶか》りながらアントンは声をかけた。

「一体、どうしたんだ？」

アリのブルーの眼差しには威嚇ではなく、怯えがあった。それで、アントンが今度はその視線の先を注視すると、土壌の表面から白っぽい枝のようなものがのぞいていた。その正体が白骨化した人の手だと気づいたとき、背筋がゾクッと震えた。その先には、頭蓋骨の一部も見えていた。

思わず、一歩二歩と下がった。トナカイの解体には慣れているとはいえ、人骨となれば話は別である。

アントンはひとつ息を大きく吐いて気持ちを落ち着かせると、その一帯が誰かの墓地であることに思い当たった。

「そういえば、こういう場所を父親は知っていて、近くを通るときは崇めていったものだ……」

そう自身で納得して、まだ吠え続けるアリを静めようと一喝した。

「おい、静かにするんだ！」

それでも吠えるのをやめないので、足音で犬の気を逸らせようと地面を強く踏みつけた。すると、鈍い音とともに辺りが波打つように、ぶよぶよと揺れていった。

踏み音よりその揺れに驚いたのか、アリは後ろに跳ね、当惑げな眼差しを向けた。動物的本能なのか、どうやら、その一帯に何か霊的なものを感じとったらしかった。アリは吠えるのをやめ、うな垂れた。

「さあ、戻るぞ」

アントンがその場を離れると、アリは太い尻尾をたらしぎみに付いてきた。その毛並みは荒れて体も若干震えており、いつもの精悍さが消えていた。

2

薄雲から差す淡い月明かりを受け、ソリが雪原を走っていた。ときおり、雲間から満月が現れ、その光にトナカイの背中が艶を帯びた。

やがて、ソリが揺れ始め、アリが吠えだした。辺りを見渡すと、雪原だったところが湿地帯に変わり、ソリの進みが遅くなった。

速度を上げようと、アントンが手綱を振ったときだった。トナカイの体毛やら肉片が一気に剥がれていき、骨格全体がさらけ出た。アリは顔を引きつらせ何度も鳴声をあげ、異常な状況から逃げようと必死に駆けていた。

ふいに地面が固さをなくし、アリと骨格姿のトナカイがズブズブと土壌に呑みこまれていった。ソリもまた引っ張られながら、アントンともども土中へと呑まれていった――

冷水を全身に浴びせられたような悪寒を覚え、アントンは未明に目覚めた。地下からの冷気を遮断するためもありソリで眠るようになって久しいが、目覚めるとともに真っ先にその前方を見やった。そこには、アリとトナカイの穏やかな寝顔があった。

予想以上に早く残雪がなくなり、冷気は漂っているにしろ、お陰で夜は過ごしやすくなった。ソリを包むように張っていた簡易テントは、天気によっては省くこともあり、夜は寝袋代わりの毛皮だけですんでいた。

寒さが緩んでくれたのはありがたかったが、その代わり、日中は台車での走りが鈍くなった。永久凍土の地表は本来なら岩盤並みに固くて、それほど走りにくいことはないはずが、思ったよりぬかるんだところが多くて車輪を取られてしまった。そのため、度々ソリを降りては、引っ張らなければならなかった。

遺骨を目にして以降、気分がふさぎがちになったうえに、日々の疲れが抜けなくなった。すると、この先、旅を続ける自信が揺らいできた。人と会ってお喋りでもすれば気分転換になるのだろうが、もう何カ月も誰とも会ってはいなかった。希にトナカイ連れの遊牧民を見かけることはあっても、そこまでの距離は数キロ以上も離れており、わざわざ追い駆けていくという気分にはならなかった。よって、人恋しさから、アントンは独り言が出るようになり、前の二頭に度々話しかけるようになっていた。

そんな日々が続いた春の終わり頃だった。行く手に、大地に沿って直線に延びる異様なものが見えてきた。所々で、直角に曲って向きを変えているにしても、それぞれが何キロにも渡ってまっすぐに延びている。それが陽を受けて、所々でくすんだ銀色の光を放っていた。つい、アントンは二頭に話しかけた。

「なあ、あれは何だと思う？　あんなに長いものは、これまで見たことがない。ケーブルにしては太いし、牧場のフェンスにしては丸っぽいし……。一体、何なんだろうな？」

アリが呼応するかのように、少しだけ振り返ってひとつ吠えた。

「そうか、あれはパイプラインか。どこかへ天然ガスでも送っているのか」

再び、その行き先を遠望した。すると、ガスの送管音なのか、風に混じって耳障りな不協和音を立てていた。その音が不快らしく、本体が近づいてくるとともに、アリが吠え始めた。

パイプラインを近くでみると、太さが大人の背丈ほどあり、金属製で頑丈な筒状のものだった。その上には背骨みたいな突起物も付いて一緒に延びており、手を伸ばしても届かないほどの高さである。そんなパイプラインの所々を、頑丈そうな土台が支えていた。

鋼鉄の竜にも見える本体に向かって、アリは吠え、トナカイは怯えるようにして歩を止めた。だが、アントンには――そこが以前、通った場所だったかもしれないが――、それを境に新天地が現れ、希有な景色が広がっているように思えた。

これから未知の領域に足を踏み入れる興奮、初めての地への期待と物珍しさ。そんな新たな感情が、一気にわき上がってきた。

アントンはソリを降りると、自らトナカイを引っぱりながら、巨大なパイプをくぐっていった。頭上を見上げながら通り抜けたとき、カチッと何かのスイッチが入った。その瞬間、脳内より分泌されたアドレナリンが体内を駆け巡り、それまでメンタルを阻害していた怯えや恐怖、疲労感までをも追い出していた。つまり、冒険に不可欠な勇気と胆力をもたらしたのである。それは現実を、良くいえばポジティブに捉え、悪くいえば見失ってしまう恐れがあった。

いずれにせよ、アントンは、どんな困難にも怯まない勇者、要するに怖いもの知らずになっていた。

第三章　追跡

1

　ヘンリクは、いくら父親が旅行中だと自ら言い聞かせても、さすがに何カ月も連絡がないと、心配を越えて苛立ちが募ってきた。

「おやじが家を出て、もう半年も経つというのに、なぜ絵ハガキのひとつも寄こさないんだ」

　一家団らんの夕食時というのに、妻相手につい不満をもらした。これで好物の塩茹でしたトナカイの背肉や肝臓を詰めたソーセージがなかったら、もっと不機嫌になっていただろう。

「心配ないわよ。そのうち、ひょいと帰ってくるから」

「そうなら、いいけど。でも、気になってることがあるんだ」

「気になってること?」

「ああ。おやじは旅に行くって言ってたけど、ほんとは徘徊じゃないのか」

「徘徊って、どういうこと？」

「だって、以前から用もないのにテントに行ったり、ひとりで小屋で過ごすことが多くなっていただろ。それに、おやじも歳だし、呆けてきたんじゃないのかと思って……」

「まだ、大丈夫じゃないの。だって、置き手紙の字も、ちゃんと書けていたじゃない」

「それは、そうだけど……」

「それに、一番タフなトナカイや利口なアリを選んで連れていくなんて、ちゃんと考えている証拠よ。そんなことより、お父さんの古い友人とは連絡が取れたの？」

「やっとね。まだ電話で話しただけなんだけど、行き先には心当たりがないそうだ。ただ、一緒に写った昔の写真があるそうだから、それを見れば何かヒントをつかめるかもしれない。だから、近々、家まで行ってみるよ」

「行くって、その人の自宅はどこなの？」

「イヴァロさ。何でも、イナリ湖のそばに住んでるらしい」

「じゃあ、イヴァロ空港からそれほど遠くはないわね」

「ああ、車で三〇分ほどかな。来週、ちょうどイヴァロでトナカイ組合の会合があるんで、そのついでに寄ってくるよ」

両親の会話が退屈なのか、ミカは好きな塩茹で肉を頬張りながら怠《だる》そうに言った。

「ねえ、食べおわったら、ゲームしていい？」

「ダメよ。きのうも一時間だけと約束したのに、ベッドに入ってからも寝ないでやってたでしょ」

「じゃあ、三〇分だけ。今日は、ぼくがお皿を洗うから、ねえ、いいでしょ？」

「しょうがないわね。なら、三〇分だけよ。約束破ったら、今回はゲーム機を取りあげるからね」

「わかったよ」と、ミカは口を尖らせた。


サーリセルカからイヴァロ空港に至る道路を、車で北上すること一時間ほど。その地最大で観光地にもなっているイナリ湖の近くに、外壁材が青く塗られた質素な平屋があった。

トナカイ組合の会合が終わったのち、ヘンリクは父親の幼馴染みであるアレクサンドルを訪ねていた。白髪頭に雪焼けした老人は、どこか重厚さを感じさせた。挨拶をすますと早速、簡素なリビングで昔の古い写真を見せてくれた。

一目しただけで年代物とわかるその白黒写真は、ポストカードの半分ほどの大きさだった。家族用の獣皮テントの前で、二家族が固い表情で写っていた。左右にそれぞれの両親が立ち、その前に幼子がふたりずつ、冬ではないらしく草地に座っていた。

「写真からすると、テントも服もトナカイの毛皮ですね」

「そうだ」

「ということは、家族で遊牧していた頃のものですね」

「ああ。左がアントンの両親で、右がわしの家族だよ。親同士が昔からの知り合いで、家族みたいな付き合いをしていたんだ。ほら、左がわに座っている男の子がアントンだよ」

指し示された指先には、子供の頃の父親が写っていた。ヘンリクは不思議な気分になった。自分よりずっと年上の父親が、ずっと年下の子供になって存在している。おまけに、その可愛らしい顔立ちは、どことなくミカに似ていた。それも束の間、隣にいる女の子が気になった。

「じゃあ、そのとなりの子は誰ですか？　姉妹がいたとは聞いたことがないのですが」

「その子は、ほどなく病気で死んでしまってな。同時に、多くのトナカイも死んでしまった。それが、こっちへ移ってきた理由でもあるんだよ。向こうには、病院なんてなかったからなあ……」

「そうだったんですか」

「おやじさんから、そういう話は聞いたことはないのかい？」

「ええ、昔のことは、あまり話してはくれませんでしたから。幼い頃、家族で遊牧をしていたことと、こちらに移ってきて両親がほどなく亡くなったことぐらいしか……」

「そうか。辛い思い出は、早く忘れたかったのだろうな……」

「それで、ここはどこなんですか？」

「それも聞いてないのかね」

「ええ」

「そうか。わしも昔のことは、あまり覚えてはいないが」

「……」

「だけど、地名は覚えておる」

「えっ、地名を？　それはどこですか？」

「ヤマルだよ」

「ヤマル？」

「現地のネネツ語で、地の果てという意味なんだ。場所は、ロシアの西シベリアにある半島だよ」

「西シベリア……」

　ロシアの、それも西シベリアにある半島など、皆目見当がつかなかった。ただ、シベリアというからには、ここ北極圏のラップランドと同じように、寒さが厳しいところだとは想像がついた。

「じゃあ、父は、そのヤマルとやらに行ったのかもしれないんですね」

「それはわからん。わからんが、わしも時々、無性に懐かしくなることはある」

「仮に行ったとして、どこか立ち寄りそうな町とか、特別な思い出の場所とかはあるんですか？」

「それはどうかな。町なんかなかったし、あるのは小さな集落だけだったからな。仮にあったとしても、広すぎて捜しようがないだろう。なにせ、半島といっても、このラップランドほどの広さがあるからな。まあ、広い雪原で、白ウサギを見つけるようなもんだ」

「はあ……」

「どうだ、何か役にはたったかな？」

「ええ、まあ。可能性としては大いにありそうなので、そこへ行くかどうか考えてみます」

「そうか」

「ところで、冬の寒さはハンパなさそうですが、そんなところを旅していたとしたら、父は大丈夫なんでしょうか？」

「なにも、寒さの厳しい冬を移動したりはしないよ。その逆で、冬は寒さから逃れるために南へ、夏は蚊を避けるために北へ移動するんだからな。ただでさえ寒いのに、さらに寒いところへ行くバカはいないよ。昔のように、季節に沿って移動すれば、ちゃんと生き延びれるさ。そうやって、わしも家族も生きてきたんだからな。おやじさんにも、その子供の頃の習性は染みついているだろうよ」

「そうですか、わかりました。おかげで参考になりました」

ヘンリクは礼を言い、帰途に着いた。


「サレハルド？」

ヘンリクは子供を寝かしつけたあと、リビングのソファでリサとくつろいでいた。しぜんと、父親の話になっていた。

「ああ、ヤマル半島の南側にある大きな町らしいんだけど、いい具合に飛行場があるんだ。とりあえず、イヴァロからヘルシンキへ飛んで、そこからモスクワ経由で現地着だよ。まずは、そこまで行ってみようと思うんだ」

自分で立てた父親捜索の計画を、リサに打ち明けた。

「あなたって、ロシア語話せたんだっけ？」

「もちろんさ。ほかにも、スウェーデン語、フィンランド語、英語。サーミ語はいうまでもなく、我々の多くがマルチリンガル(多言語使用者)なのは、君も知ってるだろ？　もっとも、英語は君のほうがうまいけどね」

「ところで、あなたひとりで大丈夫なの？」

「例のおやじの友だちと一緒に行きたいけど、なにせチケット代が高いし、ふたり分、それも往復となると、それだけで二〇万（円）になるしね。ホテル代とかも考えれば、現地でガイドでも雇ったほうがいいよ。そのほうが、情報も得やすいだろうしね」

「それで、その肝心のお金はどうするの？」

「それは……、実は今年、トナカイ（肉）を売った金で、ヤマハの最新スノーモービルを買うつもりだったんだ。でも、今年は我慢するよ」

リサの眉が微かに動いた。

「この前買ったばかりじゃない。少しは出費を抑えないと、家計は楽じゃないのよ」

「この前って、もう三年前だぜ。最近、調子が悪いし、吹雪いている最中に故障でもしたら、命取りだろ。それに、雪原ツアーやオーロラ・ツアーにも使うつもりなんだ。三人乗りのソリだって一台で引っぱれるし、だから……」

明らかに機嫌を害した妻の顔色を察して、ヘンリクは言い訳をやめた。

「わかったよ、しばらく我慢するよ」

「ところで、航空会社はどこを利用するの？　ロシアの飛行機って安全なのかしら」

気まずい雰囲気を変えるチャンスである。

「行きはヘルシンキからだから、フィンエアーだろう。帰りは……」と言いながら、ヘンリクはスマートフォンを急いで操作した。

「たぶん、帰りはアエロフロート社の飛行機だよ。ヨーロッパ最大の航空会社だと宣伝してるから、心配ないだろう」

「だといいけど。万一のために、旅行保険は忘れないでね」

「もちろんさ。何かあったときの受け取りは、ちゃんと君にしとくからさ」

気のせいか、リサの表情が和らいだようだった。

「それにしても、おやじの気まぐれのせいで、出費が痛いよ」

ヘンリクは妻の同情を引くかのように、大きくため息をついた。

2

アントンは、ひたすら北上していた。思い出の地であるはずの凍土帯は、昔の面影とかけ離れていた。

確かに、進みやすいルートを見極めながらソリを走らせるので、決まった道があるわけではなかったし、幼い頃の記憶があやふやになったのもある。それにしても周りの光景が、あまりにも変わり過ぎていた。ひと言で表せば荒涼。

もともとは湖沼地帯にしろ、その数はカウントできないほど無数に増えており、姿形も様変わりしていた。なかには、クレーター並みの巨大なものもあるし、まるで噴火口を彷彿させる深い窪みのものもあった。その壁面は急勾配の崖になっていて、落ちれば自力で上るのは困難である。湖沼の水質も、魚が棲息できそうもない濁った茶色や灰色の水が溜まっている。そんな大小様々な湖沼が至るところにあった。

かつてアントンは、そのような異様な地形など目にしたことがなかったため、それらが地底世界に繋がる恐ろしい入口にも思えた。だから、そんなところは避けていった。

幸いにも、凍土の表面付近が溶けていたせいで湿地帯となり、草地があちこちに広がり、ソリが滑りやすい草原をなしているところが少なからずあった。あちこちに咲いている可憐な白い花のほかにも、黄色や紫のカラフルな野の花が咲いていたので、それらを横目で愛《め》でながら進んでいった。ただ、ときおり何時間も続く吹き曝《さら》しの強風、特に北極の海風がもたらす凍える向かい風には、さすがにトナカイやアリも閉口するらしく、歩みがのろくなった。すると、日に一〇キロも進めなくなった。

休憩を増やしても調子が悪そうなので、アントンはソリを降りて一日に数キロは歩くようにしていた。また、ソリを牽くことも珍しくなかったため、自分の疲れも徐々に蓄積していった。これ以上無理をして、トナカイの蹄が傷つけば、旅自体が立ち行かなくなる。そこで、一行の体調を考慮して、ちょうどエサ場に出くわしたのもあり、暫く留まることにした。

滞在二日目、朝から天気が良く、アントンは近くの河で釣りをした。シロマスやカワカマスなど、ことのほか釣果が多かったが、なかには背骨が異常に曲ったものもあったので、それらは破棄して、大部分を保存食用に捌いて天日干しにした。切り離した頭部や尾びれなど、そのおこぼれでアリの胃袋も満たされていた。

作業が終わった遅い昼下がり、久し振りに簡易テントを張った。長さ二メートルあまりの支柱を数本組んで、トナカイの毛皮をのせて紐で結んだだけの簡単なものである。その中でくつろいでいると、微かに地面を擦るような音が聞こえてきた。そこで、耳をそばだててはみたが、聞こえるかどうか微妙なほど小さな音だったし、監視役のアリも別段吠えなかったのもあり、風の音だと思い、あえて表には出なかった。

次の日は曇天で、ときおり強風が吹いていたのもあり、午前中を休養に充てていた。のんびりしていると、突然、何かが近くに落ちたような鈍い音がした。その、ほぼ同時にアリが吠えた。

アントンが気になって表に出てみると、ほんの目先、アリのいる付近の草むらに、矢のようなものが刺さっていた。矢羽根はなく、先端の半分ほどが地面にめり込んでおり、その太めの矢じりは何か骨のようなもので作られていた。

そばに寄って、木製の柄の部分を握って抜いてみた。先端部分は鋭くはなく、体に当たれば骨ぐらいは折れるにしても、突き刺さるほどの鋭さはなかった。

「どうしてこんなものが？」

周囲を見回してみると、遠くから誰かが駆けてきていた。

それは、質素な毛皮の手作り服をまとった一〇歳にも満たない女の子だった。近づくにつれ、彼女はモンゴロイド系の先住民の顔立ちをしており、いつも寒風にさらされているせいか、丸っぽい顔の両ほほが半端なく赤かった。手には、手作りの大きな弓を持っていた。

先に出迎えたアリは警戒する様子もなく、突然の訪問者にも尻尾をふって歓迎の意を示していた。

その女の子が、アントンのもとにやって来た。まだ新しい赤いゴム長靴が印象的だった。

「ごめんなさい。風のせいで、矢が流されちゃった。ケガはなかった？」と息を切らしぎみに言った。

洗ったことがないのか、背中まで伸びた黒髪はボサボサで、両手は土いじりでもしたように荒れて薄汚れていた。継ぎはぎの毛皮服からすると、地元の遊牧民・ネネツの子供らしかった。だからだろう、アントンは子供の頃に身につけた言葉のお蔭で、喋っている内容はおおよそわかった。さらに、どこかで眠っていた語いが自然と口から出てきた。

「ああ、大丈夫だよ。愛犬のアリにも当たってない。ところで、わしはアントン。君は？それに、どこから来たんだい？」

「わたしは、リリヤ。いまは、あそこにいるの」と、平原の彼方をまっすぐ指差した。

目を細めて見やった先には辛うじて、テントらしき三角錐の小さな突起物が幾つか見えていた。久し振りに見る懐かしい移動用の獣皮テントだった。

「ということは、トナカイの遊牧をやってるのかい？」

「うん。この辺りには、いいエサ場があったから、先回りしてトナカイたちが来るのを待ってるの。わたしは、お母さんの手伝いをしたあと、ひとりで弓矢の練習をしてたんだ」

「そうかい。ずいぶん離れてるから、道理で気づかなかったはずだ」

先日耳にした物音は、トナカイゾリのやって来た音だったのだ。アントンは、そのことに思い当たった。

「ところで、何のために弓矢の練習をしてるんだい？　この辺りは、オオカミでも出るのかな？　それともクマ用なのかい？」

トナカイを守るためという予想に反して、答えは全く別の意外なものだった。

「ううん。もっと狂暴な怪物、ツンドラーよ」

「ツンドラー？　何だい、それ？」

初めて聞くものだった。

「湖底にいる怪物のことよ。すっごく恐ろしいやつなの」

子供の妄想。そう思っても、いきなり否定するのは可哀想だった。そこで、少し話を聞いてみることにした。

「それで、そのツンドラーとやらに、会ったことはあるのかい？」

「いいえ。あいつは、湖のどこかにじっと隠れてるの。きっと、すみかは大きな湖のどれかにあるはずよ」

オオカミならともかく、仮に怪物がいたとしても、こんな手作りの矢で果たして倒せるものなのか、疑わしかった。だが、そのことは曖《おくび》にも出さず、

「だから、矢じりが大きいんだ。これなら、クマだって倒せるかもしれないな」

「でも、一本じゃ無理よ。外したらどうしようもないし、それに、あいつはたくさんいるかもしれないから。でも矢は、まだそれしかないんだ……」

リリヤの視線が、アントンの手にした矢へ注がれていた。

「ごめん、ごめん。返すのを忘れてた。ほら」

そこで矢を手渡すと、「ありがとう」とリリヤは笑顔を浮かべた。そして、再び寄ってきたアリの頭を愛しむように何度か撫でてから、小走りに帰っていった。

目の前に、巨大な陥没湖があった。遠くの対岸は靄《もや》って見えず、石を思い切り投げても届きそうもない。アントンは縁から、遙か下方にある湖面を恐る恐るのぞき込んだ。泥水に見える水中には、魚がすんでいそうもなかった。ただ、風もないのに、所々で小さな水

紋が起こっている。そこで、試しに釣り糸を投げ入れてみることにした。

角を削って作った釣り針には魚の切り身が付いており、できるだけ遠くへ飛ばした。釣り糸は放物線を描いて湖面に落ちた。その水紋がおさまった頃、一羽の水鳥が飛んできて湖面に舞い降りていった。

どうやら、水鳥はエサを狙っているようだ。このままなら、せっかくの釣りが台無しになる。すぐに釣り糸を引きあげ、その勢いで水鳥を追い払おうとした。と、そのときだった。

急に水面が持ちあがり、そのまま上昇してきた。その中から、何千本もの牙の集合体が現れてきた。それは一度に数頭のトナカイを飲みこめそうなほどバカでかい、得体の知れない怪物の口だった。

大量の泥水が、口の周りから滝のごとく流れ落ちていた。その怪物は口を閉じてエサと水鳥を捕らえると、一気に水中へと沈んでいった。その勢いで、水面には渦ができるとともに大量の飛沫がはね、アントンは吹き飛ばされていた――

目覚めると、テントの外では強風が地上を駆け抜けていた。天井の狭い隙間から、朝の薄明かりが差し込んでいた。

「それにしても、怖い夢を見たものだ」

そこで、はたと思い当たった。

「あれが、女の子が言ってたツンドラーなのか……」

何げに聞いていたリリヤの空想上の怪物が、夢の中で具現化されてしまった。存在の有無はともかく、もともとは冒険目当ての旅である。このままなら、孫をワクワクさせるような土産話もない。

大人たちなら、何かおもしろ話のひとつやふたつは知っているかもしれない。それに、これから先のルートについても相談したい。また、シャワー並みに襲ってくる蚊の大量発生も、まもなくである。そこで、アントンは挨拶方々、情報収集のためにリリヤのいる野営地を訪ねることにした。

3

昨日の夕食の残りで朝食をすませると早速、アントンは手土産を揃えることにした。

「まずは、ウォッカ一本と魚の燻製二匹……、いや、少ないな。酒は二本にしとくか。それから、着火用ライターも持っていくとして、リリヤには手作りの矢をプレゼントしよう」

アントンは手持分から手土産を選んだあと、矢じりを作り始めた。材料であるトナカイの角は、旅の途中で生え替えたものを取ってある。それをナイフで削って数個の矢じりを作った。柄は適当な材料がなかったので、周りを散策することにした。

棒切れでもあればと付近を暫く歩いてはみたものの、材料となるものは見当たらなかった。なにせ、草むらはあっても、もともとは森林限界を超えた木々の育たない寒冷地である。テント用の支柱を一本使おうかとも思ったが、今後も必要なものであり、まずは矢じりだけを渡すことにした。

アントンが揃えた土産物を革のバッグに詰めているときだった。何かが駆け寄ってくる足音が聞こえてきた。

ほどなくしてやって来たのは、長い棒を持ってトナカイの背に乗ったリリヤだった。上着を脱いで紺と白のチェックのワンピ姿で、身軽になっていた。着くなり、すぐさまトナカイから降りて困惑顔で言った。

「おじさん、大変なの。みんな、どこかへ行ってしまったの！」

「どこかへ行った？　一体どうしたんだ？」

「トナカイたちがとつぜん、エサ場から離れて、どこかへ駆けて行っちゃったの。お父さんやおじさんたちが追っかけていったけど、行ったきり、戻ってこないの。だから、いっしょに来て」

ただならぬ様子に、アントンはリリヤに付いていくことにした。

「わかった。ちょうど、訪ねていこうとしていたところなんだ。じゃあ、案内してくれ」

手土産の入ったバッグを手にしようとすると、

「荷物はいいから、早くトナカイに乗って」

「乗るって、どこに乗ればいいんだ？」

「わたしの後ろよ」

リリヤは首元付近にまたがって乗り、背に置いた鞍代わりの尻当てに乗るよう促した。アントンは、ソリに乗ってトナカイを操るのは得意であっても、その背中には乗ったことなどなかった。

「留守番をたのんだぞ」とアリに言ったものの、乗り方がわからなかった。それに、ふたり同時ではトナカイが潰れそうである。まごついていると、

「さ、早く！」とリリヤが急かした。

その威勢に押され、後ろにまたがってはみたが、不慣れなことに姿勢が安定しなかった。

「おい、どこを握ればいいんだ？」

「落ちないように、尻当てのふちでも握ってて」

「わかった。それにしても、尻が痛いな」

「がまんして。じゃあ、行くよ」

リリヤが手にした棒でトナカイの脇腹あたりを軽く叩くと、それを合図に駆けだした。ことの外、体が上下に揺れ、そのたびにアントンの股間に嫌な痛みがはしった。

アントンとリリヤを乗せたトナカイは、野営地を離れて北へと向かっていた。

「どこまで行くんだ？」

「トナカイのいるところまでよ」

「いるところって、まだ何も見えないじゃないか」

前方には、野草に被われた単調な平地が広がるばかりである。変化といえば、所々に白い草花が目立ってきたことぐらいである。

「エサ場に近づいてきたみたいだから、たぶん、もうすぐよ。だから、落ちないように、しっかりつかまってて」

背が揺れるたびに、アントンの臀部《でんぶ》に痛みがはしった。もう、周りを見るゆとりもなかった。股がすり切れそうになり、痛みがピークに達した頃、リリヤが叫んだ。

「見えてきた！」

「うん、どこだ？」

伏し目がちだった視線を前方に向けると、先の方に人影らしきものが見えた。

「パブリクよ！」

「パブリクって誰だ？」

「従兄よ」

その場に近づくにつれ、兵士ふうの若者が見えてきた。迷彩がらのダウンジャケットに黒い短髪頭の若者が、放心状態のまま座り込んでいた。その近くには、それこそ夢で見たような巨大な陥没湖が見えており、付近では数頭のトナカイが右往左往していた。

ふたりがトナカイを降りるやいなや、リリヤが心配顔でパブリクに尋ねた。

「いったい、どうしたの？」

「あれ……」

震える指が、二〇メートルほど下の濁った湖面を指していた。そこには、一〇〇頭あまりのトナカイが群れるようにして浮かんでいた。死んだように横向きになっているのもいれば、わずかに喘ぎ声を出しながら上体だけで浮かんでいるのもいる。

「何があったんだ？」

アントンも思わず訊いた。

「ロープで、トナカイの囲い込みをやっていたんだ。すると、一頭が急に走りだして、そしたら、ほかのもついていったんだ。すぐに、みんなで追ったけど、追いついてみたら、このありさまだよ」

そのとき、下から声がした。

「お〜い、早く助けてくれ」

三人が声のほうに視線を向けると、トナカイの群れの隙間に人影があった。

「父さん！」

リリヤが叫んだ。

「死んだと思っていたら、どうやら、気を失っていただけらしい」とパブリクは呟き、すぐさま下に向かって叫んだ。

「叔父さ〜ん、おれのおやじやお袋を知らないか？」

「いっしょに落ちたが、ここからではわからない。そっちから、下の様子は見えないのか？」

多数のトナカイが密接しており、人影までは見えなかった。

「ここからでは、わからないよ」

「そうか。とりあえず、早く引きあげてくれ。水が冷たくて凍りそうだ」

「わかった、何とかするよ」

湖の壁面は、ちょうど円柱がスポッと抜け落ちたような断崖になっており、そこを上るのは困難そうだった。

「ロープはあるのか？」

アントンが訊くと、パブリクが持っていた投げ縄用のロープを見せた。

「あるけど、これでは短かすぎるよ。戻れば囲い込み用の長いロープがあるけど、間に合うかどうか……」

取りに戻っている間に、溺れてしまう心配がある。それでも、ほかに選択肢はなかった。それに、ほかのトナカイもそうだが、沈むというより湖面に浮いているようにも見える。アントンも下に向かって声を張りあげた。

「お～い、体は沈みそうなのか？」

「いまのところ、浮いてるみたいだ。だけど、あとどれだけ保つのかわからない。とにかく急いでくれ」

「わかった。大至急ロープを取ってくるから、もう少し待っててくれ」

「お願いだ、急いでくれ」

アントンは視線をパブリクに戻した。

「そういうことだ。大至急、取ってきてくれ」

「わかった」

パブリクは、近くに留まっているトナカイに慣れた手つきでロープを投げ、一度の投てきで角に掛けた。そして、暴れる体を押さえて大人しくさせると、その背に飛び乗った。

「じゃあ、行ってくるよ」

「ああ、頼んだぞ」

パブリクを乗せたトナカイが、野営地のほうへ駈けていった。

4

ロープを待つ間、リリヤは父親を励まそうと懸命に話しかけていた。しかし、時間の経過とともに下からの返事が弱々しくなってくると、ついには愚図り始めて度々声を詰まらせていた。

待ちくたびれて諦めの感情が芽生えてきた頃、やっと、パブリクがトナカイゾリに乗って戻ってきた。後ろには、トナカイ服をまとった中年女性が同乗していた。

「母さん！」

リリヤの母ニナだった。赤いサラサ（花布）が長い黒髪の大部分を覆っていたが、いつも寒風を受けているせいか、やはり両ほほ辺りが赤みを帯びていた。そして、ふくよかな雪焼け顔は、厳しい自然を生きる逞しさを感じさせた。

「遅かったじゃないか」

アントンがソリから降りたパブリクに苛立って言うと、

「ごめんよ。ソリの準備に手間がかかったんだよ」と、すまなげだった。

ソリを牽いてきたのは三頭のトナカイ。まだ野営地に残っていただけでも、運が良かった。ニナはソリから降りるとリリヤを一度抱きしめ、それから湖の縁に寄って湖面をのぞき込んだ。

「あんた、大丈夫かい！」

「水が冷たくて、もう体の感覚がなくなってきた」

下からの声が震えていた。

「さあ、早くロープを投げておやり」

ニナに促され、パブリクは予め先端が輪っかになっているロープを投げた。一回で近くに落ちた。

「あんた、輪っかを体にくぐらせるんだよ」

リリヤの父親は震えながらも頭から輪っかをくぐって、体に巻くようにした。その間、ニナは縁まぎわの若干の起伏があるところに短い丸い棒を引っ掛け、その上にロープを誘導して擦れて切れないようにした。

「あんた、今から引きあげるから、しっかりロープをつかんでいるんだよ」

「わかった、早くしてくれ」

「じゃあ、私が下の様子を見て知らせるから、あんたたち、頼んだよ」

パブリクとその後ろにアントンがついて、さらにリリヤもついて一勢にロープを引き始めた。

父親は周りのトナカイを掻き分けながら、断崖の壁面まで来たものの、毛皮服が水分を含んで重くなったせいで、容易には持ちあがらなかった。無理をすればロープが切れてしまう。

「ちょっと、待っておくれ」とニナは引きあげを止めさせ、すぐに下へ声をかけた。

「あんた、服を脱いでおくれ。重すぎて上がらないよ」

「わかった」

父親は一旦ロープを外すと、服を上下とも脱いで下着姿になった。軽くなったぶん、さらに上体が湖面に浮かびあがったようだった。

再び体にロープが巻かれたのを確認すると、

「さあ、もう一度引っぱっておくれ」

ニナの合図に、引き手たちに気合いが入った。

「よっしゃ」

かけ声とともに、体が引きあげられていった。が、半分ほど持ちあがったところで、ロープがプチプチと嫌な音を立て始めた。

「ま、待っておくれ。ロープが切れそうだよ」

引きあげを止めると嫌な音も止まった。

「そうっと、引くんだよ」

だが、皆が再度引きあげようとした瞬間、ブチッという鈍い切断音がして、体が落下していった。

「あんた〜！」

ニナの絶叫が辺りに響いた。一方、ロープの担い手たちは反動から、後ろに数メートルあまりも飛んでいた。

すぐにアントンたちが起きあがって戻ってきたときには、ニナが嗚咽《おえつ》していた。そして、リリヤが寄ってくると、「見るんじゃない！」と叫んで体を強く引き寄せ、その身を強く抱きしめた。

アントンたちが縁から恐る恐る下をのぞき込むと、トナカイの上に落下して血だらけになった父親の無惨な姿があった。運悪く、角の先端が脇腹に深く突き刺さっていた。

5

結局、野営地にいるのはニナとリリヤの母子、そしてパブリクの三人だけになってしまった。その三人とも、家族や身内、そして生活の糧《かて》を一度になくしてしまい、打ち拉《ひし》がれていた。ただ、幸いにも全部で一〇頭ほどのトナカイが残っていた。

陥没湖から戻って二日後の昼、少しは落ち着きが戻った頃を見計らい、アントンは見舞いの食料を持って訪ねていった。すると、三人はテントをたたんで、撤収を始めていた。

「アントンのおじちゃん！」

リリヤがいち早く気づいた。

「やあ、元気かい」

「うん……」

その声が沈んだ。無理もなかった。父親ばかりか、近親者たちを一度に亡くしたのだから。アントンは同情の念を禁じ得なかった。

ニナはソリに鍋や食器をのせているところで、

「これから、どうするんだ？」とアントンが声をかけると、その手を止めて元気のない目差《まなざ》しを向けた。

「いったん、近くの村に寄ってみるよ」

「村？　近くに村があるのか？」

「ここから二日ほどかかるけど、その村からなら町へ連絡が取れるんだよ。ヘリで生活物資を運んでくることもあるんだ。だから、寄宿学校に事情を話して、いつもより早めに娘をあずかってもらうよ」

「で、あんたはどうするんだい？」

「ほかの親戚も遊牧をやってるから、この甥っ子といっしょに手伝うさ」

「そうか……。ところで、何か手伝おうか？」

「いいよ、いいよ。テントの設営も含めて、こういうのは女の仕事だから。それに、もう片づくから」

いつものことで手慣れているのだろう、それからほどなくして出発の準備が整った。アントンが差し入れの食料を渡すと、やっとニナが笑みを見せた。するとリリヤが、大事に扱っていた弓矢を手渡してきた。

「おじちゃん、これを受けとって」

「どうして、これを私に？　大切なものなんだろう」

「お父さんのかたきを取ってほしいんだ。あそこには怪物がすんでるから、わたしの代わりに、これでやっつけてほしいの」

「ツンドラーだね」

リリヤの夢のなかにすむ怪物にしろ、無下に断るのも憚《はばか》られた。

「で、どうすればいいんだい？」

「姿が見えたら矢を放って、やっつけて」

「じゃあ、明日にでも行ってみるよ」

「とっても恐ろしい怪物だから、気をつけてね」

「ああ、そうするよ」

リリヤは少しは気が晴れたらしく、その表情が仄かに和らいだ。

ソリは三台。どれもが荷物で一杯になっており、あとにはテントの支柱が何本か放置してあった。

「あれは持っていかないのか」

「もう、ソリは一杯だからね。それに三人だから、そんなにたくさんはいらないよ」

ニナは薄い笑みを見せた。

「そうか。じゃあ、元気でな」

「あんたもね」

「おじさん、元気でね」

パブリクが気丈に言った。

「ああ、気をつけてな」

「おじちゃん、約束忘れないでね」

「ああ、忘れないとも。リリヤも元気でいるんだぞ」

「うん」

最後の返事には短くても、子供なりの精一杯の意気がこもっていた。

トナカイがソリをゆっくりと牽き始めると、三人は一緒に歩いていった。その足取りは、まだ重そうだった。

第四章　戦い

1

翌日、アントンはアリに留守番を任せると、トナカイの背に乗って再び事故のあった陥没湖へ向かった。もちろん、リリヤからもらった弓矢を携帯してである。

当初、トナカイは背に人を乗せるのを嫌がり、走りもヨロヨロと蛇行ぎみだった。が、ほどなくしてまっすぐ走るようになり、途中からは小走りほどのスピードになった。

陥没湖に着くとアントンはトナカイから降りて、まず互いを五メートルほどのロープで繋いだ。逃亡防止のためである。それから、縁まで寄って湖面をのぞいた。

悪夢のような出来事から数日経っており、さすがに何も浮いてはいなかった。ただ、曇天のせいか、それとも多くの血を含んだせいなのか、水面は以前より赤茶けて見えた。

無風ではなく微風ではあったものの、湖面に波を立てるほどではなかった。それでも、上空では強い風が巻いているらしく、その影響からか、細波《さざなみ》が所々では起こっていた。

アントンは早速、リリヤとの約束を果たすことにした。これからの行為が子供の妄想によるものだとしても、本人に滑稽さはなかった。むしろ、何か厳粛な儀式にすら感じられた。それは幼い頃、何の儀式かわからないにしろ、大人たちが真顔でやっていたのを端で見ていたせいもあるだろう。

年に一度、家族や仲間内で行う特別な儀式があった。みんなが見ているところで、トナカイを一頭選びだし、ロープで絞殺。毛皮を剥いで頭を落とし、腹を割く。初めて血まみれの内臓を見たとき、鮮烈な赤に思わず泣きそうになった。だが、そこには泣いてはいけない厳かな緊張感があった。だから、必死に涙をこらえた。

不思議なもので、大人たちがナイフで肉を切り取りながら旨《うま》そうに頬張っているのを見ると、しぜんと腹が鳴った。

儀式の決まりとしては、まず、解体した男たちが最も美味とされる内臓や肉を食べる。そのあとで、やっと女性や子供たちが食にありつけた。見よう見まねでナイフを使って肉を削ぎとり、鮮血をソースにして、両手を真っ赤にしながら夢中で食べたのを憶えている。そのせいか、囲い込みの際に行う解体時の摘まみ食いが、今でも楽しみのひとつになっている。

そういう思い出もあり、無骨な手作りの弓矢にも、何やら特別なスピリチュアルが宿っているように感じた。

いよいよ、約束を果たすときが来た。ただ、矢じりは太く、そのまま射っても距離はそれほど出そうもない。そこで、矢を湖の中央辺りに落とそうと、上空に向けて構えた。

「ツンドラーよ、覚悟しろ……」

アントンは若干、間を置いて矢を放った。ほどなく、それが上昇して失速し、落下しようとしたとき、上空で突風が吹いたのか、矢が押戻されてきた。それは射手を狙ったかのように、右肩あたりを掠めた。それでも、単なる偶然だと思い、そばに落ちた矢を拾って再度射った。すると、また押し戻されて今度は肩を擦った。

「まさか……」

さすがに、三度目は怖くなった。

そこで、「そんなはずはない」と独り言ちて、今度は湖面を狙った。放たれた矢は勢いよく入水した。ところが、柄の半分ほどで止まり、すぐに弾かれてしまった。矢は近くに落ちて暫く浮かんでいたが、ほどなく沈んでいった。矢が当たった付近では、小さな血色の渦ができていた。

アントンは茫然となった。今の出来事は、偶然にしては違和感があった。しぜんというよりは何かの意思が働いたようだし、湖面での矢の弾かれ方も何かの体に当たったような跳ね返りだった。

「まさか、ほんとに怪物がいるのか？　リリヤが言ったように、この湖の中には怪物が潜んでいるのか……」

それを否定する常識と、何かの存在を知らせる動物的本能が葛藤していた。先日から起こっている尋常ではない出来事に、恐怖が募って前者を駆逐しようとしていた。しかし、アントンは、これまで極寒という厳しい自然を長らく生き延びてきたお陰で、それに抗うというより、受け入れて冷静に対処するという術を得ていた。よって、可能な限り、理にかなった判断をしようとした。

「リリヤは子供ながら、近頃の自然の変化を感じとっていた。でも、その理由がわからないから、ツンドラーという怪物を生みだしたんだろう。目に見えないものに怯える、恐怖の代替物として。実際には、でかい魚がいるのかもしれない。しかし、そうはいっても……」

確かに、そこには見えない何かがあった。思い出にある風景とは、あまりにも変わってしまった地形の変化。毎年暖かくなる気候の変動にも違和感を覚える。眼前にある湖面でさえ、ぞっとする色合いである。とどまらない環境の変化を、子供の鋭い感性がいち早く感じとっていた。

「どうしたものか……」

風が強まってきた。その場から立ち去れ、とでも言っているような強風である。同時に、湖面では荒い波紋が広がっていた。それは険しい壁面に当たって波形がさらに立ちあがり、まるで何かの咆哮にも似た大きな波音を立て始めていた。

「姿は見えんが、やはり戦うべき相手はここにいるようだ。子供の感性を信じ、できるだけのことは、やってみるか。それも、冒険らしくていいじゃないか。よし、いい考えがある……」

アントンは一旦、戻ることにした。撤退は決して怯んだからではなく、本気の勝負をするためである。それは、その鋭い眼光を見れば明白であり、そこには獲物を狙う、まさしくハンターの目があった。

野営地に戻ったアントンは、放置してあったテント用の支柱を使い、新たな矢を作り始めた。リリヤへの贈り物用に作っていた矢じりがあったのもあり、ちょっとした細工を施すのに少し手間がかかっただけで、三本の矢を仕上げるのに大して時間は要しなかった。

翌日の朝、再びアントンは弓矢を持ち、今度はアリも伴って湖まで戻った。

空には薄い雲が所々に広がっているくらいで、風はそれほどでもなかった。天気は問題なかったが、ひとつ気がかりなことがあった。それは到着後に、トナカイの前両足が細かく震えていたことである。たぶん、その原因は、連日人を乗せて走ったせいだろうと、それほど深刻には考えなかった。

まず、逃走防止のために、またトナカイと自分の体をロープで繋いだ。ありがたいことに、食欲がないのか、エサを探しに行こうとはせずに近くで大人しくしていた。

早速、湖面に向けて、アントンは弓矢を構えた。矢には回収して何度でも使えるように、紐《ひも》が付けられていた。

本当に怪物がいるのなら、何度か矢が当たれば痛みを我慢できなくなり、そいつは姿を現すにちがいない——、そう考えたのである。

一射目、矢は半分ほど水中に入って、やはり弾かれてしまった。矢が当たった付近では、水面が出血したように赤茶けていた。すぐさま矢を引きあげ、赤黒く染まった先端に鼻を近づけた。すると、腐ったような嫌な匂いが漂ってきた。

「やはり、何かいるのかもしれないな……」

二射目、結果は同じだった。

三射目、四射目と続けていくと、矢が獣の脇腹にでも刺さったような手応えを感じてきた。まさしく、狩りの感覚が蘇ってきた。湖面を赤く染めるものは出血の証であり、いずれ、獲物が手中に入る。そんな期待にアントンは支配され、五射、六射と続けるたびに夢中になっていた。その間、トナカイの震え——足だけではなく全身に及び始めていた——に、気づかないでいた。

そろそろ腕の張りを覚えてきた、八射目のことだった。射った矢につられるように、急にトナカイが縁に向かって駆けだした。そして、立ち止まることなく、そのまま宙を飛んだ。アントンは繋いだロープに、全体重を一気に取られた。

「ワッ！」

そのままロープに引っ張られていき、為す術もなく絶壁から体が真っ逆さまに落ちていった。

2

澱んだ湖面が眼前に迫ってきたとき、アントンは死を覚悟した。ところが、水面に体が当たってみると、一旦は首まで沈んでしまったにしろ、何か分厚いクションの上にでも落ちたような感覚だった。そして、体はすぐに浮かびあがった。加えて、水温は氷水並みに冷たかったが、服を着たままでも浮き袋を付けたような浮遊感があった。近くに、先に落ちたトナカイも同様に浮いていた。

辺りは落ちたときの勢いで攪拌《かくはん》されたらしく、水色はどんよりとして鉛色だった。体の痛みは、あまり感じなかった。ケガは免れたが、困惑しかなかった。水面から切り立つ壁面を見上げると、アリが下に向かって心配げに吠えていた。

助けを求めたところで、一帯は無人地帯。ほかの遊牧民が通りかかる可能性はゼロに等しい。絶壁にハシゴなどは掛かっていないし、取っ手になるようなでっぱりも皆無である。このまま沈まないにしても、いずれ冷水に体温は奪われ低体温症で死んでしまう。通常であれば、心臓麻痺を起こしかねない水温だったにもかかわらず、命拾いしたのは毛皮服のお陰だった。だが、その高い保温力も、徐々に浸透してきた冷水によって奪われてきた。肌を冷水がなめていく都度、針にでも刺されるような痛みを覚えた。そして、体の震えが止まらなくなってきた。

「どうしたものか……」

これといった良いアイデアも浮かばず、アントンは途方に暮れてしまった。と、そのとき、何かが足先に触れた。思わず、足を引っこめた。

「今のは何だ？」

嫌な想像が頭を過ぎった。

やはり、ここには巨大魚がすんでいて、シャチみたいな大口で下半身ごと食い千切られてしまうのか——。孤独な窮地に、思考はマイナスに傾いていた。

と、また何かが足先に触れた。今度は恐る恐る押し返してみると、肉塊みたいな弾力を感じた。

ほどなくして、また足先に触れたので、思い切って強めに押し返してみた。すると、それは一旦沈んだようではあったが、強く押した反動からか、足元を越えて一気に浮上してきた。

ふやけた体毛が、眼前にあった。それは先日落ちたトナカイの死体だった。０度に近い水温のため、まだ腐敗は免れていた。

「ということは……」

足下にはトナカイばかりか、人の死体も浮遊しているはずである。矢が当たったところが血色に染まったのは、そのどれかに当たったせいかもしれなかった。

いずれにしろ、この陥没湖は、巨大な墓地と化していた。そして、そこが自分の墓場にもなろうとしている。絶望という負の感情が重りとなり、このまま凍結地獄へと沈んでいきそうだった。

ふと、浮上したトナカイの角が視界に入った。そこに何かが掛かっていた。それはリリヤの父親を引きあげようとして、途中で切れたロープだった。それを矢に付けた紐に結んで縁に放てば、命綱になる。光明が見えた。

早速、アントンは射った矢を探しだし、付随の紐を震える手で何とか二重によって強化した。さらに、腰に差していたナイフでトナカイに繋いでいたロープを切り取り、足しにした。それから、矢じりに刻みをつけ、縁の起伏に引っ掛かるようにした。

一射目、矢は縁まで届かなかった。

二射目、縁は越えたが、紐を引っぱると何にも引っ掛からずに矢は落ちてきた。

三射目、早くも腕が張って威力が足らなかった。四射目も同様だった。

しばらく休んでいる間に、丸い棒が縁に引っ掛けてあったのを思い出した。その付近に向けて、再度トライした。矢は無事に縁を越え、そこへうまく掛かってくれた。

試しに、ロープを強めに引いても外れそうになかったので、少しでも軽くなるように水分をふくんで重くなった服や靴を脱ぎ、裸で上っていくことにした。ありがたいことに、外気のほうが温度が高く、かえって暖かく感じた。

まず、腕力だけで一メートルほど上った。矢を何射もしたせいで、すでに腕がパンパンに強張っていた。これで支えとなる足場が水気で滑れば、頂上まで上り切るのは不可能である。運良く、どろりとした水質は意外にも肌にはサラッとしており、足が掛かっても、さほど滑りはしなかった。それでも半分ほど上がったところで、さすがに体力の限界を感じた。アリが励ますように頭上で幾度も吠えていた。

一服すると、孫の顔が浮かんできた。ミカが、「アンじい、アンじい」と笑顔で呼んでいた。力が一気に蘇ってきた。

「この旅の話を、孫に聞かせてやらないとな」

そう言って自分を鼓舞し、再び上り始めた。

残り四分の一ほどになり、最後の気力を振り絞ろうとしたときだった。水分を吸って柔くなったロープが、非情にもブチッと切れてしまった。

「ワッ！」と悲鳴を上げ、アントンは仰向けの状態で落ちていった。

落下したときのショックを和らげようと、とっさに両手を伸ばした。そのせいで水面に体をぶつけ、辺りが激しく揺れた。その衝撃は水面下にも波及していき、水中を激しく攪拌していった。その結果、それまで湖底辺りに滞留していた遺体やトナカイの死骸やらが、一挙に浮かび上がってきた。その中には一帯が墓地だった頃の、昔の亡骸が幾体も混じっていた。白骨化はしていないにしても溶解が進んでおり、眼球が溶けでたものや、肋骨が折れて飛びでた肺がふやけてしまっているものもあった。

そんなあたかも腐乱死体の数々が周りを囲んでおり、アントンは体全体をじかに覆う冷水の冷たさもあり、完全にパニックに陥っていた。

そして、ただ、ただ、「アワワワワ！」という言葉にならない叫き声を、何度も発していた。

3

暫く気を失っていたのだろう。アントンが激しい体の震えで目覚めると、空は薄明かりに霞んでおり、昼なのか、夜なのか、わからなかった。ただ、驚いたことに、上空では出血でもしたように、赤い帯状の光が揺らめいていた。それは久しぶりに見る赤いオーロラだった。それがトナカイの角のように所々で枝分かれをしながら、地上に触れそうなほどたゆたっていた。血の滴りにも似た揺らぎに恐ろしささえ覚えたが、それよりも寒さのほうが上回っていた。

まずいことに、体の芯まで冷え切っていた。いくら寒さに強いとはいえ、とめどなく襲い来る底冷えに震えが止まらなかった。唯一、外気温に触れている上体の温もりだけが、命をつないでいた。

耳障りな風音がしていた。辺りを見回してみると、一緒に落ちたトナカイが左回りで小円を描いているだけで、状況は大して変わっていなかった。アリは湖面の異常な状況に怖じ気づいたのか、もう吠えなくなっていた。

アントンは浮遊する死体を目にして再びパニックにならないように、視線を逸らした。そのとき、ふと右の手のひらに目がいった。まだ仰向けの状態で浮いているので、手のひらは上に向いている。そこに鈍い銀色の少し拉《ひしゃ》げた丸いものがのっていた。大きさはピンポン玉の半分ほど。その滑らかな表面が体の震えを伝播するように、ぷるぷると揺れていた。

「これは何だ?」

試しに水面に沈めていくと、周りと同化するように呑み込まれていった。そこで、少しだけ掬いあげてみたところ、手のひらの上で個々の滴が互いを呼び寄せるようにして、ひとつにまとまっていった。いつだったか、家族と一緒に見たテレビのドキュメンタリー番組であったような光景だった。

「こ、これは……、水銀？」

それは確かに水銀だった。アントンは水銀含有量の多い湖に落ちたのだった。

「だから、沈まずに浮いていられるというのか。しかし、確か水銀は、体に有害な物質ではなかったか」

そこで、はたと思い出した。

「そういえば、途中にあった沼や湖は、どれも鉛色みたいな色合いだった。ということは、あれらも水銀を含んでいたというのか。一体、なぜなんだ？」

「そうか、永久凍土が溶けているせいなのか。凍土は水銀を含んでいたのか」

「では、水中にすむ魚はどうなるんだ？　水辺のエサを食べるトナカイは？　そして、それを食べる我々は？」

そのとき、釣った魚の背骨が異様に曲っていたこと、そして何よりも、トナカイの体が不自然に震えていた姿が思い浮かんだ。

「あれは、何か悪い病気にかかったせいだったのか。さっきからトナカイが、意味もなくぐるぐる回っているのは、神経を侵されたからか……」

再び、パニックになりそうな恐怖感を必死にこらえた。それは何とか治まったものの、突然、虚しさに襲われた。

冒険の旅は、孫への最高のプレゼントになるはずだった。だが、それも叶わぬ夢になろうとしている。

アントンは最後の希望を託して、ありったけの大声で助けを求めた。アリが見下ろしながら何度か吠えただけで、相変わらず風の音しか聞こえなかった。恐らく、一〇キロ四方でさえ人影はなく、やはり救助など望むべくもなかった。アントンは死を覚悟した。それでも、無駄死にだけはしたくなかった。

「わしは、このまま死んでしまうのだろう。願わくば、息子が死体を捜しだしてくれればいいのだが。もし、そうなったら、この体は死因を調べるため、解剖されるだろう。だったら、この水銀の存在を見落とさないように、ひと口、ふた口飲んでおくか」

しかし、それはさすがに躊躇した。ためらっていると、次から次へと愛する人たちの顔が浮かんできた。今は亡き妻、両親、兄弟、家族や仲間たち。そして、再び孫の顔が大きく浮かんだとき、決心が固まった。

「そうだな、孫のために危険を知らせないとな。これからの世代には、美しい自然を残してやらなければ。それが、わしが最後にしてやれることだ。今はわからなくても孫が大きくなったら、この旅の意義をわかってくれるはずだ。それが、わしからの最後の贈り物だ」

アントンは深呼吸をひとつすると、覚悟を決め、両手で水面をすくって口に運んだ。ひと口含んだ瞬間、舌に金属の冷たい感覚が広がった。苦い薬でも飲むように無理やり飲みこむと、どろりとした流動物が食道を擦りながら胃へ下りていった。その重みで胃の粘膜が引っ張られ、不快な違和感を覚えた。それを二度繰り返した。そして、自分が解剖されたときのことを想像して、急におかしくなった。

「今まで散々、トナカイをさばいてきた。毛皮を剥いで、腹を割いて内臓を取りだし、肉を切り分けた。その報いか、今度は自分の腹が割かれるのか。何という皮肉、これは愉快、愉快」

底冷えを押し分けながら、笑いが込みあげてきた。アントンは、それを暫くは止めることができなかった。

それから、ほどなくしてのことだった。体に、何やら異変が起こり始めていた。あれだけ水の冷たさを感じていたのに、神経が麻痺でも起こしたのか、冷たさや寒さといった感覚がなくなっていた。その代わり、危険な毒性のものが血管に入りこみ、全身にジワジワと広がっていく不快な感じがあった。それは毛細血管から細胞へ、そして、ついには脳にも達したのか、体のあちこちで痙攣が起こり始めていた。と同時に、視野も狭まっていき、思考能力さえ奪われようとしていた。

まもなく、自分の意志に反して、手足の指が歪に曲がり始めた。腕も、あらぬ方向にねじれていき、アントンは激痛に襲われていた。それは体内でも起こっていた。腸内細菌（バクテリア）と水銀が化学変化を起こしたのか、さらなる猛毒性の物質を作りだしていた。それは腸管の粘膜を内側から侵食しながら突き破り、ほかの臓器をも次々と破壊していった。まるで、灼熱の溶けた鉛に焼かれるかのような激痛に、たまらず、絶叫した。その耐え難い痛みから逃げたくて、全力で走りだしたかった。それができない身としては、ただ大声を出すしかなかった。その絶叫は、顎が外れそうになっても続いた。

第五章　救出不能

1

　歴史あるサレハルド市が、ヤマルを含めた西シベリア一帯の中心地だとしても、郊外にある同空港のまだ新しさの残るターミナルは、人口三万の町とは不釣り合いなほど、近代的だった。

　イヴァロ経由でヘルシンキを深夜に飛び立ち、モスクワで乗り換えて一四時間あまり。ヘンリクは午後五時頃に最初の目的地に着いたものの、エコノミー席の窮屈さと時差ボケのせいで、気分は最悪だった。その直前から、嫌な予感はあった。

　フライト中に、機窓からシベリアの大地を見たとき、あまりの広大さに唖然となった。もうすぐ初夏を迎えるというのに、自然の全てが未だ厳冬を引きずっているかのように、灰色の冷気に閉じこめられていた。

　さらに、北極へと至るヤマル半島の一端を垣間見たとき、今度は茫然となった。シベリアだけでも果てがないのに、その半島の果ては、本当に地の果てなのだろう。さらに驚いたのは、その一帯がまるで虫喰いの荒れ地になっていたことである。凍土帯であるはずの半島は氷雪が溶け、出現した何千何万という湖沼によって無惨な姿をさらしていた。当初のプラン、現地でガイドを雇って父親を捜すのは、絶望的に思えた。

そんな訳で、ヘンリクは重い気分のまま、手荷物受け取り所で旅行バッグを手にしたあとは、まずはホテルで休みたかった。観光案内に寄り、情報収集をするゆとりなどなかった。唯一、気を晴らしてくれたのは、ターミナルの明るさだった。ドーム型の大きな天窓から、たっぷりと差しこむ黄昏前の陽光が、真下にある噴水やその周辺を明るく照らしだしていた。

タクシー乗り場に向かう間、心地良い空間を歩くだけで、少しは気分が軽くなった。

タクシーに乗って一〇分あまり、予約していた市内のホテルに着いたのは夕方近くだった。

翌日の早朝に、ヘンリクはチェックアウトをすませ、ホテル前からタクシーに乗った。時差ボケで頭はまだ重かったが、一刻も早く父親を捜しに行きたかった。

ホテルの受付で得た情報が幾つかあった。ヤマル半島をトナカイとともに遊牧しているのはネネツ族の人たちで、この時期は北へ向かって移動している。また、天然ガス田の開発が進行中であり、関係者以外の通行は難しいだろう。許可をもらって行くにしても広大で辺ぴな地ゆえに、ヘリか長距離トラックをチャーターするしかないとのことだった。そんな金銭的余裕もなく、とりあえずはタクシーに乗ったのだった。

ヘンリクの現地での服装は、初夏が近いというのに薄手にしろ青いダウンジャケットを着て、この辺では珍しい赤い刺繍の入った民族帽を被っていた。そのため、中東からの出稼ぎふうの運転手は、乗せるやいなや英語で「まっすぐ」と言われたのもあり、ヘンリクを外国からの観光客だと思ったらしかった。しばらく走ったのち、訛《なま》りのある英語で話しかけてきた。

「お客さん、まだまっすぐでいいのかい？」

いきなりヤマルまでと頼んでも、断られるにちがいない。それで、ヘンリクはまっすぐとだけ言っていた。

「そうだな。ヤマルのほうで、トナカイの遊牧をやってる人たちに会いたいんだが」

「ヤマル？　ああ、それならネネツの連中だね。そうだなあ、冬だったら、スーパーや食料品店で見かけることはあるけど、今頃は遊牧へ出かけているだろうね」

やはり、ホテルでの情報は間違ってはいなかった。時間を無駄にしたくないのもあり、単刀直入に訊いてみた。

「なら、そのあとを車で追ってはいけるかい？」

「追う？　冗談じゃない。連中が行くのは、何十キロ走っても何もないところだ。車が故障でもすれば、帰っちゃこれないよ。行きたかったら、ヘリでも頼むんだな。もしくはガイド料として一〇〇万（円）払ってくれるなら、オレの仲間に頼んでやってもいいけど」

やはり、一蹴されてしまった。それに一〇〇万という大金も、持ち合わせていなかった。

「そんな金はない。だけど、何とかならないか。至急、父親を捜したいんだ」

「父親を？」

そこでヘンリクが事情を話すと、運転手は意外にも打って変わって同情を示してきた。

「オレも故郷（国）に家族をおいてきたから、心配なのはよくわかる。そういうことなら、確か、ヴォルクタっていう隣町に、連中の子供向けの寄宿学校があったはずだ。夏休みじゃなかったら、まだ子供たちがいるはずだから、何か情報が手に入るかもしれない。今から、そこへ行ってみるかい？」

「そこまでは、どれくらいかかるんだい？」

車内にナビらしきものはなかった。

「西へ一〇〇キロあまりだから、二時間もあれば着くだろうね。料金なら心配いらないよ。少しは負けといてやるよ」

少し遠回りにはなるが、ほかに良い方法も思い浮かばなかった。それに、子供たちに会えれば、移動中の親たちの情報も少なからずわかるはずだ。休校ではないのを祈りつつ、ヘンリクは一縷《いちる》の望みを託すことにした。

「わかった。そこへ連れてってくれ」

「OK」

タクシーは市街地の道路を外れ、人里離れた田舎道へと入っていった。

2

ヘンリクを乗せた大型ヘリが、ヤマルの大地を低空飛行していた。防音用の耳当てをしていても、二〇人は乗れる大型ヘリのローター音が耳をつんざくほど響いていた。苛立ちが募ったヘンリクは、それを吐きだすように前席の操縦士に声を張りあげた。

「あと、どれくらいかかるんだ?」

「二〇分ほどだ!」

ベテラン風の操縦士がサングラスを掛けた横顔を見せ、同じように声を張りあげた。ヘンリクは返事の代わりに、親指を相手に見えるように突き上げた。そして、父親の姿を見つけようと再び視線を下方へ向けた。

起伏の少ない大地には、大小様々な湖沼が至るところに点在していた。多くは水面が濁っており、とても生物などいそうもなかった。特に、すっぽり抜け落ちたような巨大な陥没湖は異様な佇まいをみせており、ふだん目にするような地球の様相とは随分かけ離れていた。

「おやじは本当に、こんなところをひとりで旅しているのか……」

この地に着いてからは物事がうまく運んでいたのに、果てしなく続く自然の荒廃ともいえる眺めに、段々と不安が募ってきた。

タクシーに連れられ、田舎町の寄宿学校に寄ったとき、少し前に無線で当生徒のレスキュー依頼が入っていた。それで休校中だったにもかかわらず、女性校長が出校していた。タクシーの運転手が事情を話してくれ、その校長の配慮で、ヘンリクは学校から急きょ手配されたヘリに同乗することができた。さらに、父親らしい旅人の情報まで伝えられていた。

校長が入手した情報によると、その女生徒が次のようなことを言っていたらしい。

旅をしていたおじさんに、途中で会ったの。弓矢をあげて、怪物をやっつけるように頼んだから、今頃は大きくて深い湖に行ってるはずよ。ひとりじゃ大変だから、早く行って助けてあげて――

その子に会えば父親の居場所がわかるかもしれない。ヘンリクは、そんな希望を持った。だが、眼下に広がる荒涼たる光景を見ていると、それも萎《な》えてきた。まともな人間なら、こんなところを旅したいとは思わない。まさしく自殺行為であり、父親の安否が慮《おもんぱか》られた。

憂鬱《ゆううつ》な気分になっていると、ヘリがちょうど、ひと際巨大な円形の陥没湖の上空に差しかかった。壁面はほぼ垂直に切れ落ちており、異様な姿をさらしていた。

つい、目を奪われていると、湖面の左方面で、オオカミらしい動物がこちらに向かって吠えていた。ヘンリクは操縦士の肩を叩き、下を見るように指で促した。さらにヘリが高度を下げると、その動物には見覚えがあった。

「アリ、アリじゃないか。どうして、こんなところに……？　ということは、この湖に父親がいるということか」

そう確信し、湖面に向かうように操縦士へ合図した。

ヘリがさらに高度を下げ、肉眼で浮遊物が確認できるほどになると、まず左回りに泳いでいるトナカイが目についた。水面から上体を浮かべ、円を描くようにぐるぐると回っている。さらに、その付近に漂う人やトナカイの死体も目に入った。

「こ、これは……？」

眼下に広がる異様な光景に驚愕してしまい、ふたりとも何も言葉が継げなかった。と、そのとき、仰向けに浮いた裸の上体が視界に入った。周りの土気色の死体に比べ、まだ血の気を感じさせる裸体である。その顔を見るやいなや、ヘンリクはピンときた。上体を前に乗り出し、操縦士に腕をまっすぐ伸ばして叫んだ。

「いたぞ！　あそこに父親がいたぞ！」

「間違いないか？」

「ああ、間違いない。確かに私の父親だ」

「生きてそうか？」

「ここからでは、わからない。もう少し、高度を下げてくれないか」

ヘリが湖面まで数メートルのところまで下がっていくと、回転翼の風圧で水面が荒々しく波打っていた。その影響を受け、浮かんでいた死体が周りに流されていた。

「これ以上の降下は無理だ。どうだ、何か反応はないか？」

アントンの体も流されていた。いくら頑丈な肉体であっても、赤く変色した肌を鑑《かんが》みれば、年齢からしても生存は絶望的だった。それでも、ヘンリクは望みを繋ぎたかった。

「ヘリの音や波飛沫にも反応しないということは、気を失っているのかもしれない。頼む、早く助けてやってくれ」

「わかった」

一旦、ヘリは上昇して、その陥没湖の脇の平地に着地した。

「これから、無線で応援を頼んでみる」

「頼む、急いでくれ」

ヘンリクがヘリから飛び出ると、アリが駆け寄ってきた。

「アリ、お前えらいな。親父を見守ってくれていたんだな。よく、やった」と、その頭を何度も撫でてやった。それから、湖の縁に立ち、水面に浮かぶ父親に大声で呼びかけた。

「父さん、父さん！」

だが、何の反応もなかった。

3

二時間ほど経った昼下がり、上空から雷鳴にも似た音が響いてきた。それが爆音並みになるとともに、その正体が見えてきた。それは迷彩がらに塗られた大型の軍用ヘリだった。

全長一〇メートルはある軍用ヘリが、ヘンリクたちの待つ陥没湖の近くに着地した。ほどなく、全機体を覆うほどの巨大メインローターの回転が止まり、側面中央のドアが開いて、一〇人ほどの兵士が降りてきた。その中には、白い防護服に青いマスク姿の者もいた。

隊長らしき軍服姿の男が、ヘンリクたちのほうに歩み寄ってきて、ヘリの操縦士に声をかけた。ロシア語で何やらひそひそ話をしていたが、内容まではヘンリクには聞こえなかった。軍人の厳しそうな表情から、何か極秘の作戦でも遂行されそうな雰囲気だった。

案の定、操縦士はヘンリクに、「私は、これから女の子を迎えにいく。父親の無事を祈ってるよ」とだけ言い残し、そそくさとヘリに乗って飛び立っていった。

その後、ヘンリクは軍用ヘリ内で待機するように促された。若い兵士に付き添われて機内に入ると、両側に備え付けられた堅いベンチシートの片側に座らされた。

ドアが閉められ、付き添いの兵士が近くに座ったところからすると、これから行われる作業は部外秘のようだった。ただ、座った付近の小窓からは、外の様子を垣間見ることができた。

ヘンリクが外の様子をそれとなく見ていると、どうやら、カメラ付きのドローンを飛ばして下の状況を調べているようだった。

一〇分ほどして、付き添いの兵士に無線が入った。その通信のあと、兵士が話しかけてきた。

「ロシア語は話せますか？」

「会話ぐらいできるよ」

「では、調べた結果、生体反応はありませんでした。水温は氷点下に近く、残念ながら、あなたの父親は亡くなっていると思われます」

「そんな……」

望みが絶たれてしまった。

「それで、遺体は引き上げてくれるのか？」

「それは無理です」

「無理？　なぜだ？　せめて遺体を持ち帰らせてくれ」

ヘンリクは声を荒げた。兵士は周りをうかがうようにして、躊躇《とまど》いぎみに同意を求めてきた。

「これから話す内容は、聞かなかったことにしてほしいのですが、よろしいですか？」

「ああ、いいだろう」

「実は……」

その内容は、概ね次の通りだった。

最近、トナカイ由来の伝染病が発生し、トナカイばかりか、人間の犠牲者も出てしまった。病原体を調べたところ、現在では撲滅しているはずのウイルスだった。近年、温暖化により永久凍土が溶け出しており、同時に地中にあった昔の遺体も露出してしまった。その中には当時、不治の病で亡くなった遺体もあり、それが野生動物、すなわちトナカイにも感染した――とのことだった。

「じゃあ、水面に浮かんでいる死体にも、ウイルスか何かが潜んでいるかもしれないというのか？」

「その可能性は十分あります」

「だから、あんなテロ対策みたいな防護服を着てるんだな」

「そういうことです」

「しかし、そんな話をして大丈夫なのか？　機密事項じゃないのか」

「ええ。ただ、地元紙でも記事にはなっていますから、そこまで心配することはないと思います。でも、一応念のために」

「そうか。で、これから何をするんだ？」

「それは極秘です」

「極秘？　おれは息子だ。知る権利がある」

「私からは言いにくいのですが……」

事前に、リリヤからの事情聴取や諸々の調査をすませてあったのだろう。ヘンリクの父親、つまりアントンからの入国申請はなく、許可なく無断で入ったことからスパイ容疑がかかっている。さらに、天然ガスのパイプラインがある国家がらみの開発エリアにも無断で入ったために、テロの疑いがかけられていること、などを兵士は打ち明けた。

「そんな、親父は昔を懐かしんで、子供の頃に過ごした地域を旅していただけだ。入国申請をしていなかったのは咎《とが》められても仕方ないが、決して、スパイやテロリストなんかじゃない」

「………」

その兵士に文句を言ったところで、どうなるものでもなかった。

「あんたの隊長と話せないか」

「無理を言えば、あなたが拘束されるかもしれません」

「拘束？」

「あなたも、このエリアへの入境申請はしてないでしょう。だから、スパイやテロリストの仲間だと見なされるということです」

「そんな……」

「もっとも、今回は寄宿学校の校長が人道的配慮から許可したという経緯もあり、大目には見てもらえるでしょう。もっとも、若干の罰金は徴収されるかもしれませんが」

「そうなのか……」

「それから、ヘリが飛び立てば、下で何が起こっているかは推測できるかもしれません」

「推測？　仕方ない。なら、それまで待ってみるか。ところで、アリはどうなるんだ？　愛犬なんだ。連れ帰ってもいいだろう」

「それも無理でしょう。犬の救助は任務外ですから。それどころか、感染の疑いもあり、射殺されるかもしれません」

「そんな……。じゃあ、父親の荷物を捜したいと頼んだところで、協力はしてもらえないだろうな」

「ええ。このあとは、あなたを飛行場まで送って、検査後、直ちに帰国してもらいます」

「しかし……」

何か抗議しようとしたとき、「ボウン！」という何かが爆発したような鈍い音が響いて、辺りが一瞬明るくなった。すぐさまヘンリクが小窓から外の様子をのぞいてみると、陥没湖のほうから、黒煙が立ちあがっていた。

「あれは何なんだ？」

「どうやら、メタンがたまっていたようです」

「メタン？　どういうことだ？」

明らかにガス爆発でも起こったような状況に、心配が尽きなかった。

「この一帯には、地下にガスがたまっているんです」

「ガスが？」

兵士は、そこで口をつぐんだ。ほどなく、ヘリのドアが開いて、ほかの兵士たちが戻ってきた。そして硬い表情のまま、各種機器を収納ボックスに片づけたりしながら、撤収の準備に取りかかった。

やがて、両ベンチシートに兵士が座り終わると、犬を置き去りにして、軍用ヘリは大きな回転音を立てながら上昇していった。すると、隣に座った先ほどの兵士が肘で軽く、ヘンリクの脇腹を突いてきた。さらに、近くの小窓から外を見るように目配せした　そこで、首を伸ばしぎみに視線を付近の窓から外へ向けると、先ほどの立ちあがっていた黒煙が見えた。

その煙から逃れるように、軍用ヘリは大きく旋回していった。黒煙がヘリの起こす風に煽られ、湖面の一端が垣間見えた。大部分は炎に覆われ、所々で火柱も上がっていた。

ヘンリクの脳裏に、炎に焼かれる父親の姿が浮かんだ。

「おやじ……」

大気を切り裂くローターの回転音が、まるで死者が発する阿鼻《あび》叫喚《きようかん》にも聞こえてきた。その音に心が揺さぶられ、ヘンリクは長らく嗚咽を押さえることができなかった。

終章　最後の贈り物

フィンランドへの帰国は半ば強制送還だったので、ヘンリクは遺品となるものを何も手に入れることはできなかった。が、唯一持ち帰ったものがあった。それは軍用ヘリを待つ間、辺りを散策したときに拾った矢じりだった。柄の部分から先端だけを外し、上着の内ポケットに入れた。仕事がら、それがトナカイの角を削って作ったものだと、すぐにわかった。そして、表面の滑らかなカットあとからして、恐らくは父親が作ったものだということも。ただ、濁った湖水に浸かったらしく、矢じりは灰色を帯びたうえに一端が赤黒く滲んでいた。それが血液なのか何なのか、成分が気になり、その分析を大学の知り合いに頼んだ。

一週間後、その結果が文書で自宅に届いた。早速、リビングのソファに座って封を切り、B5サイズの分析表に目を通した。

「何々、成分は動物の血液……、これが赤黒い染みのようなものだったところだな。たぶん、トナカイだろう。そして……」

次の記述を見て驚いた。

「メチル水銀の含有あり？　あんなところに水銀があるのか」

　自分が訪れたところが、西シベリアのツンドラ地帯というのはわかっていた。加えて、兵士が言っていたように、温暖化のせいで永久凍土の融解が進み、無数の湖沼ができていることも、ニュース等で知ってはいた。だが、土壌に水銀が含まれているのは、予想だにしていなかった。それも、メチル水銀となれば、時として人体に危害をもたらす危険な物質である。現段階では量までは推定できていないが、少量でも生物全般に多大な影響を及ぼすであろうことは、ヘンリクにも推測できた。

　意外な結果に愕然としていると、ムーミンがらのパジャマに着がえたミカがやって来た。

「パパ、きのうのつづきを聞かせてよ」

　ヤマルから戻ってからは、就寝前の一〇分ほどをミカへのお話タイムに充てていた。アントンの死についてはショックを与えないように、まだ打ち明けてはいなかった。その代わり、父親の残した手紙からヒントを得て、旅の様子を冒険談としてベッドで聞かせるようにしていた。脚色がうまくいったらしく、ミカはゲームよりも話に夢中になっていた。特に、湖にすむ怪物との戦いになってからは、寝る前に催促するようになっていた。

「昨日は、どこまで話したっけ？」

「湖から銀色の怪物が現れて、おじいちゃんに炎をふきかけてきたところだよ。パパったら、いいところで眠っちゃうんだから。今日は終わりまで話してよね」

「わかった、わかった。じゃあ、ベッドに行って始めるとするか」

ふたりは一緒に子供部屋へ行き、ベッドに添い寝した。

「じゃあ、始めるぞ」

「うん」


バカでかい口から勢いよく噴き出された炎が、顔を掠めていった。それまで吠えていたアリとともに、とっさに避けたものの、眉を焦がしていた。あまりの恐怖に体が竦《すく》んだ。このまま逃げ帰りたくなったが、それを引き止めたのは、ツンドラ姫との約束だった。

いつしか湖にすみついた怪物。凶暴で大食いのそれは、好物のトナカイを誘き寄せては片っぱしから食べていた。このままでは、みんなが飢え死にしてしまう。そこで、ツンドラ姫は多くの兵士を怪物退治に送ったが、炎に焼かれたり、吐き出された灰色の毒を浴びて全滅してしまった。

残された方法は、ただひとつ。黄金の角を持つトナカイを捕まえ、その角で矢を作ること。その作り方を知っているのが、アントンだった。

投げ縄の名手でもあったアントンのお陰で何とか、そのトナカイを捕まえることができた。早速、その角を使い、黄金の矢じりがついた矢が一〇本作られた。

できあがった黄金の矢を携え、アントンはアリとトナカイを引き連れて、湖にすむ怪物退治へと向かった。

ほどなくして出会った相手は、想像以上に強大で狂暴だった。口から噴き出す大量の火炎に、たじろいだ。ひとりで戦うなんて無謀だし、アントンはさっさと逃げ帰りたくなった。だが、このまま野放しにしていたら、被害が大きくなるばかりである。アリでさえ、犬歯を剥き出しにして、威嚇しようと必死に吠えている。そこで、自らを鼓舞して、気持ちを強く持った。もうひるまなかった。

相手は息が切れたらしく、それまでの火力が弱まってきた。そこで持参した弓矢を構えて、火炎が途切れた頃を見計らい、黄金の矢を放った。それは口から入って、のど奥に突き刺さった。その瞬間、この世のものとは思えない凄まじい断末魔が響き渡り、怪物は湖底に沈んでいった。

勝利の喜びから、勝ちどきを上げようとしたときだった。怪物の断末魔に呼応するかのように、ほかの湖から咆哮とともに次々と炎が立ちあがっていった。怪物は、ほかにもたくさんいたのだ。

その全部を退治するまで、この地に平和は訪れない。黄金の矢は、まだ何本も残っている。覚悟を決めたアントンは、アリやトナカイを引き連れて次の湖へと向かうのだった

「おしまい」

「じゃあ、アンじいは、いまも怪物と戦ってるの？」

「そうだよ。全部やっつけるまで、帰ってこないそうだ」

「ふ～ん。アンじいは勇かんなんだね。ぼくも、そんな強い人（ヒーロー）になりたいよ」

「そうか。なら、いっぱい眠って大きくならないとな」

「うん、わかった。もうねるね。じゃあ、おやすみなさい」

「ああ、おやすみ」

ヘンリクは息子の額に軽くキスをして、枕元のスタンドライトを消した。ベッドを離れて部屋を出る頃には、ミカの安らかな寝息が立っていた。

四カ月ほど経った一〇月のことである。夕食を前に、ヘンリクはリビングのソファでくつろいでいた。ぼんやりと窓辺の雪明かりを見ていると、キッチンからトナカイ肉を煮込む甘い香りが漂ってきた。

『今日はシチューか……』

滋養たっぷりで体が温まる好物の料理に腹が鳴り、立ちあがったときだった。何かが窓越しに動いていった。雪はやんでおり、気になって玄関へ行った。

ドアを開けると、そこには見覚えのある犬がいた。

「アリ！　無事だったのか」

二〇〇〇キロ以上もの険しく雪深い道のりを、アリは独力で戻ってきた。ヘンリクは喜びのあまり、両手で強く抱きしめてやった。そして、足元に付いた雪を払ってやりながら、家の中に向けて叫んだ。

「リサ、ミカ、アリが戻ってきたぞ！」

ふたりが来る間、ふと感染のことが頭を過《よ》ぎった。しかし、そうであれば、病原体の潜伏期間を考慮すると、着くまでにはとっくに死んでいるはずである。検査は明日にして、まずは元気が出るように、今夜は煮込み肉でも食べさせてやることにした。

アリが戻って数カ月が経ち、暖かい陽射しが感じられるようになった日のことだった。ヘンリクは自宅で昼食をすまそうと、仕事から戻ってきた。

車から降りて玄関に向かう途中、ファームのほうから何やら変な物音が聞こえてきた。降雪がなくなったこの季節、観光用のソリはやっておらず、犬やトナカイは昼間でも柵内で過ごすことが多くなる。よって、三日前に柵を補修したばかりであり、丸太の支柱や繋ぎ目が緩んで壊れれば、その重みで事故につながる恐れがある。それが気になり、牧場のほうを見やった。すると、その雪の残る中央辺りで、一頭の犬が左回りでグルグルと駆けていた。

遠目に見ても狂ったように走り続ける異常な姿に、ヘンリクは急いで柵へ駆け寄った。肩ほどの高さがある柵越しに見ると、ずいぶん長く走っていたらしく、残雪が蹴散らされ、その跡を示すように地肌が円形に現われていた。ほかの犬やトナカイたちは、隅のほうで怯えたようにじっとしている。

「これは一体……？」

ヘンリクはほどなく、その犬がアリだと気づいた。戻ってすぐに行った動物病院での検査では、恐れていたウイルス感染もなく、特に異常はなかった。ただ、血中の水銀濃度が少し高かったぐらいで、獣医は特に問題ないだろうとは言っていた。

「アリ！」

ヘンリクが大声で呼びかけても、気づく様子も止まる様子もなかった。そこで、横棒の丸太に足をかけて柵をよじ登り、中に入ってアリのほうへ駆け寄っていった。しかし、数メートルほど手前で立ち止まり、思わず息をのんだ。

そこにいるのは自分の知るアリではなく、全く別の野獣だった。体毛は荒々しく逆立ち、全身からは湯気が立ち上がっている。また、その表情は目を吊り上げて犬歯を剥きだしにしているものの、相手を威嚇するようなものではなく、怒っているのか笑っているのか、それとも狂っているのか、それらを綯い交ぜにしたような凄まじい形相だった。さらに、そのスピードは遅くなるどころか、ますます速くなっており、抱きついて止めようものなら、その勢いに弾き返されそうだった。手の打ちようがなかった。しかし、放っておけば、いつかは筋肉の限界を越え、肉体の瓦解が起こりそうなほどに思えた。

「どうしたものか……」

そこで、大声で驚かして制止させることにした。

「アリ！　止まるんだ！」

それで気づいたらしく、アリがチラッと視線を向けたかに見えた。が、それでバランスを崩したのか、それまでの遠心力の糸が切れたように飛ばされ、柵のほうへ勢いそのまま駆けていった。そして、止まろうともせず、そのままぶつかっていった。

ヘンリクが息を切らしながら駆け寄っていくと、顔面血だらけになったアリが無残な姿で横たわっていた。避けることなく正面から支柱の丸太に激しくぶつけたらしく、頭の大部分が深く陥没していた。

アリが見せた狂死にも似た異常行動は、ヘンリクには、それが自らの意思とは思えなかった。体内に潜む何かに突き動かされ、正気をなくした、そうとしか思えなかった。

『これから、何ら良からぬことが起こらなければいいのだが……』

大切な愛犬を亡くした悲しみと、不吉な予感に体が震えた。ふと、天を仰ぐと、そこには早くも春の陽気を見せる青空が広がっていた。

地の果てへ　～最後の贈り物～　（了）

天使のリング

アメリカ合衆国

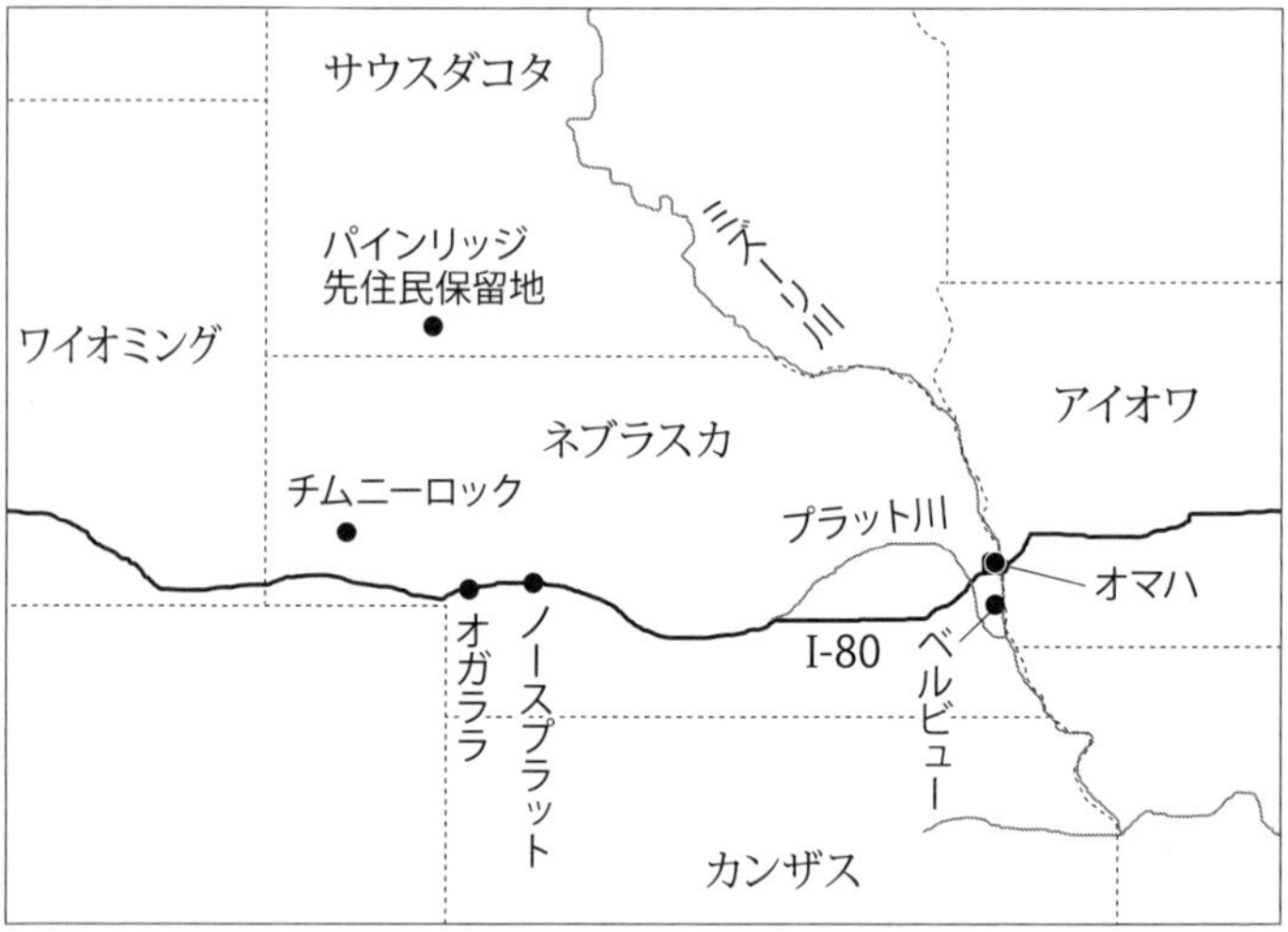
サウスダコタ
パインリッジ
先住民保留地
ワイオミング
ミズーリ川
ネブラスカ
アイオワ
チムニーロック
プラット川
オマハ
オガララ
ノースプラット
I-80
ベルビュー
カンザス

プロローグ

＝ピ・・・ピ・・ピッ、インプット開始＝

私は小嶋春夏《こじまはるか》、二九歳。友だちからはハルって呼ばれている。それはたぶん、私がハーフだから。といっても、外見は日本人である母親の特徴を受け継いだらしく、髪は肩まで伸びた黒いストレートヘア、肌はしっとりしたもち肌、指先だってほっそりしている。ただ、身長はアメリカ人の父親から遺伝したらしく、一六八センチと高いほうだし、自慢するつもりはないけど、よくモデル体型だって言われる。もちろん、スーパーモデルほど痩《や》せてはいない。

職業は女子アナだった。だったというのは、ある事件により、東京にある某《ぼう》キー局を辞めたから。その経緯は後ほど話すとして、先に今の信じられない状況を説明しておく。

まず、私が居るのは、どう見たって巨大宇宙船の中。というのは、窓ではないけど、緩やかなカーブを描く青白い壁面の所々で、時おり透けて見える外の様子が宇宙の光景だから。つまり、星々だけではなく、大小様々な銀河や星雲までもが次々と流れ去っていく。飛行機からだって、そんな光景は見えやしない。これまで乗ったことはないにしても――

元々、これほど巨大な乗り物は世界中探したってない――、これは宇宙船と呼ぶしかない。

座席だけみても、初めて見る不思議なもの。黄色い光の帯が幾つも重なり合い、リクライニングシート状のものを創り出している。座ってみると、ソファに座ったかのような沈み込みがあり、包み込まれるような心地良さがある。これから、それをライトシートと呼ぶことにする。それが数は多すぎて正確には数えていないけど、このワンフロアだけで五〇〇席はあるわね。

それから、同乗者は首を伸ばして見渡した限り、周りに色んな人種が垣間見えており、ほぼ満席状態。でも、有り難いことに、私のライトシート――右側中央あたりの壁際――の並びは、二席とも空席になっている。隣に気兼ねすることなく出入りできるのは、長旅の場合は大切なことよね。特に、今回は誰もが経験をしたことのない深宇宙への旅。つまり、地球から三億光年も離れたARP273という銀河までを、二週間ほどかけて移動する旅であり、早くも一週間が過ぎようとしている。

ARP273とはデジタル図鑑でしか見たことがないけど、一輪のバラにも見える衝突銀河のことで、花にあたる渦巻き銀河と茎にあたる伴銀河が宇宙空間に描く、正《まさ》しく自然のアート。花弁の先端は無数の新星で覆われており、そのひとつに黄泉《よみ》の星があるらしく、「そこへ向かっている」と、あの声が言っていた。その声の主《ぬし》については、後ほど話することにする。

失礼、ここでひとつ訂正。長旅と言ったけど、私にとっては取材だった。それから、行く理由だけど、テロに巻き込まれて命を落とした父親に会うため。正直言って、ここに来るまでは、憔悴の日々を送っていた。だって、父親を自爆テロで亡くしたうえ、信じていた彼氏にも裏切られたのだから。結婚を考えていた相手に、二股をかけられていると知ったときのショックは大きかった。そのことも追々話すとして、もう全てが嫌になったというか、現状から逃げたかった。きっと、ほかの乗客も似たような境遇でしょう。だから、ひとりで何も考えずに、ぼうっとしていたかった。でも、一週間も経つと、さすがにそれも飽きてきた。というのは、これが最新鋭の宇宙船にしても、船体を軽くするためには、内備品をかなり抑えなければならなかったのでしょう。旅客機みたいな座席ごとの小型スクリーンもなければ、音楽提供もない。唯一の息抜きと言えば、上の階にある仮想体験ができる広いラウンジだけ。そこでは食事をとったり、コーヒーやお茶を飲みながら家族や友だちとお喋りを楽しんだりする仮想体験ができる。だからか、空腹感も覚えないし、のども渇かない。よって、トイレに行くこともない。これって、長距離の宇宙移動に必要な冷凍保存の別バージョンみたいなものかしら。

仮想体験が済んだら、私はまだ他人と話す気にはなれず、さっさと自分の席に戻ってくる。でも、流れ去る星々を眺めるのもいいけど、あまりの変化のなさに、それも飽きてきた。自ずと、あの悲惨な過去が蘇ってくる。未だ引きずっている過去と決別して再出発するには、やはり、気持ちを清算するしかない。

そのためには、まずは自分の記憶から残しておくことに決めたの。今は両こめかみに皮下チップが埋め込んであるので、相手の会話も含めて自分の想念だけで、オン、オフを操作して自動で記録ができるようになっている。少々、前置きが長くなったようね。

それでは、心の準備もできたので、まずは私の仕事から話を始めることにする。

そもそも、なぜマスコミの仕事を選んだか。それは元々、何事にも好奇心が強かったから。新人の頃はレポーターとして各地を回り、現場の声を聞いた。寒波による水道管破裂、そして水不足。児童たちの命を奪った飲酒運転による悲惨な事故。さらに、自分も巻き込まれてしまった地震災害からの土砂崩れ。事故現場や泊まりがけで被災地を回った数年もの経験は、今の自分を作った大事なコアになっている。温暖化による桜前線の変化を追った取材は衝撃的だったけど、私の家族を含め、多くの人命を奪った自爆テロは本当に許せないものだった。

思い出すのも辛いけど、それが、テレビ局を去る切っかけとなった事件だった。

「私が新番組のＭＣに！」

「そうだ。四月からの新編で、朝の情報番組を君が受け持つことになった。それも、ありがちなバラエティ色の強い内容ではなく、国内外のニュースを中心にした番組だから、君の希望にも合致するだろう。まだ一カ月先だが、今から早起きに慣れておくように。寝坊して遅刻したら、即降板だからな」

笑みを浮かべた編成部の門脇局長から、そんな打診を受けたときは、正に天にも昇る気持ちだった。なにせ、当初はレポーターとして現場回りも嫌じゃなかったにしても、徐々にキャリアアップして、いつかはニュース・キャスターになるのが夢だったから。その一環として、多忙の中でも時間をやり繰りしながら、大学院で社会学の修士課程も取った。そんな努力の甲斐もあり、入社六年あまりで夢が叶えられる。いつもは厳しく赤鬼のように見える上司が、そのときだけは福の神に思えた。

そして迎えた四月第一週の月曜日。三台のロボカメラを前にして、私は緊張ぎみに左側カウンター席にひとり納まっていた。スタジオ入りの三〇分前、トイレの鏡を前にあれだけ笑顔の練習をしたのに、本番が近づくにつれ、軽い吐き気とともに頬がピクピク痙攣《けいれん》したのを覚えている。

右手後ろにある壁一面の大型スクリーンには、現場中継による桜満開の様子が映し出されていた。それは福岡市にある大濠《おおほり》公園の桜並木だった。私の実家が同市というのを知っての、スタッフたちの気遣いだったのだろう。また、そのとき私が身につけていたのは、清楚さを感じさせる水色のワンピースと白いハイヒール。こちらはスタイリストさんの配慮。お陰で、正面左右にあるチェック用のモニター画面には、桜と私の鮮やかなコントラストが映っていた。

『いける！』と思った瞬間、やっと緊張がほぐれ、最高の笑顔で番組冒頭の挨拶ができそうだった。

ところが、キューが出される開始直前、モニターに映った人混みの中に、父親らしき姿が一瞬見えた。周りより、シルバーグレイの頭がひとつ抜きんでた姿は、ちらほら桜が舞っていたので確信を持てるほどではないにしても、思いがけないことに戸惑ったのは確かだ。そんなとき、キューサインが出された。すぐに気持ちを切り替え、一礼してから最高の笑顔で、「おはようございます」と言おうとしたときだった。

人混みの一角、父親らしき男性がいた付近で、あろうことか突然、大爆発が起こった。勢いよく広がった炎は、あっという間に画面に広がった。もう、思い浮かべたくもないけど、異様に赤く染まった炎は、付近を歩いていた人たちの大量の血潮と飛び散った肉片のせいだろう。

爆風がカメラマンをも呑み込んだらしく、ほどなく映像は消えた。そのときは、そんな冷静な思考も働かず、ただ悲鳴を上げたのを覚えている。

すぐに、画面が二番目の中継地に切り替わり、富士山を背景に走る新幹線の姿が映し出された。ところが、今度は、その先頭車両で爆発が起こり、残りの車両も脱線して宙を舞った。

想定外の惨劇に、スタジオ内はパニック状態になっていた。ディレクターが腕をしきりに振りながら、私に向かって何かを訴えていた。恐らくは、「上手く繕《つくろ》え」という指示だったのだろう。だけど、私には何も聞こえなかった。喋ろうにも声が出ず、ただ、口をパクパク動かしているだけだった。そして、過呼吸になって気を失い、同時に声も失った。

千葉にある総合病院N、その七階にある入院用個室で私は目覚めた。検査も含めて結局、そこに一週間も缶詰めになるのだけど、それはスキャンダルを恐れた局の意向だったのでしょう。

派手な前宣伝をしてスタートした新番組だったのに、開始早々、全国に流れたのは、狼狽する女性キャスターのお粗末な姿だった。週刊誌ネタになるのは目に見えている。だから、街並みが一望できる眺めの良い個室を宛《あ》てがってはもらったけど、当のマスコミといえば、そんなことに時間を割いている暇はなかった。

私の病状——ショックによる心因性の失声症——を考慮して、外部からの情報は遮断されていたらしく、世間の状況を知ったのは暫くしてからだった。

ところで、あの日起こった爆発は、福岡の公園や新幹線だけではなかった。同じく花見客で賑わっていた姫路城、京都の清水寺、東京スカイツリー、加えて鹿児島の川内《せんだい》原子力発電所と、結局、国内六カ所を狙った複数自爆犯による同時多発テロだったのだ。犯人たちは中東由来のカルト集団で、テロの危険性は長らく叫ばれていたのに、未然に防げなかったのは、それが日本人を中心としたホームグロウンのテロ集団だったからである。

そんなこととはつゆ知らず、テレビや携帯にパソコン、そして新聞さえない室内で過ごしていたせいで、情報には疎《うと》くなっていた。日に一度、見舞いにやって来る同僚たち、それに、密かに社内恋愛中の彼氏も気遣ってか、ニュースなことは何も話してはくれなかった。そんな中、入院して五日が経った頃、電話の呼び出しがあった。事前に声が出にくいことを看護士が断ってくれてから受話器を取ると、それは実家の母からだった。

父親のことが気がかりだったので良い機会ではあったのだけど、いきなりの涙声に忽ち不安になった。

話を聞いて、それは的中した。人混みに垣間見えたのは、やはり父だったのだ。母によれば、あの日、父は公園近くの自宅マンションから散歩に出かけ、事件に巻き込まれたとのこと。連絡が遅くなったのは、捜索願を出したにもかかわらず、警察サイドの問題、つまり、被害者の特定が困難だった――高温燃焼の遺体は損傷がひどく、爆風に破壊されて骨の髄まで焦げたサンプルからは、ＤＮＡの解析が不可能だった――ことと、なるべく娘に心配をかけたくないという親心からだった。

退院とともに実家へ戻ったものの、父親の死という度重なるショックから、私は憔悴しきっていた。忌引《きび》き、そのまま自宅待機となり、彼氏とも会えない日々が続いた。

十分な休養もあって何とか声が戻り始めた頃、新聞の三面記事に彼氏と同僚女子アナの結婚記事が載った。私は二股をかけられていたのだ。足元が抜ける感覚がして、心がボロボロに崩れてしまった。それから、夢遊病者のように表に出て、どこをどう歩いたかわからないまま、ほどなく車に轢《ひ》かれた。

今、ひとりになって冷静に振り返ってみれば、あれは事故ではなく、自殺だったのでしょう。生きる気力を失っていたし、どうなっても良いと思いながら、車の往来の多い道路を呆然と歩いていたのだから。

車の衝撃を受け、宙を舞った。でも、不思議なのは、痛みを感じなかったのもあるけれど、それより、何か光の輪みたいな中に入っていったことね。的確に説明するのは難しいけれど、たとえるなら、目覚めてからカーテンを開け、朝の陽射しを浴びるような清々しさと暖かみを覚えた。そのとき、確かにあの声を聞いた。

「あなたは選ばれた。さあ、父親の待つ黄泉に向かって旅立つのよ」

あれは女性の声のようでもあった。思い出してみれば、あの優しい声の持ち主は天使、それとも女神だったのかしら？　少し時間が経ったにしても、記憶はそれほど曖昧にはなってはいない。それは、こうも言った。

地球時間で、会いたい人と一時間ほど会える。その代わり、途中で体験したことを記録して、皆に伝えること——

私は父親に会えるというだけで、魔法をかけられたようになった。そして、日頃、死後のことなど考えもしないのに、何の疑いもなく黄泉へと行きたくなったのである。それに、皆に伝えよということは、いずれ帰れるのだろう。

そんなことを思っているときだった。七〇歳ほどの女性が私の席のそばにやって来て、声をかけてきた。

「ひとりで退屈なの。よかったら、少しお喋りにつきあってくれないかしら」

白いワンピースと整った白いショートヘアが、上品さを醸し出していた。人当たりの良さそうな女性でもあり、断るのも悪いので、「ええ、どうぞ」と隣に座ってもらった。

彼女は最初に「松嶋菜穂《まつしまなほ》」と名乗り、簡単な自己紹介をした。それから、あと数時間で下船するとも言った。乗客の全員が一緒に黄泉へ向かっていると思っていたので、正直驚いた。思わず、「黄泉には行かないんですか？」と尋ねた。

「この船はね、しばらくしたら、カラス座にある銀河に到達するのよ。何でも地球から六三〇〇万光年も離れているらしいけど、その銀河の中にある星で、私は降りることになっているの」

「どうしてですか？」

「それはね、私が殺してしまった息子に会うためなの」

「殺した？」

「ええ、私が誤って車で轢いてしまったの。五歳のまだ小さい体なのに、あんなに出血するなんて……、ひどい母親よね」

彼女が抱えた闇、それは窓外に広がる宇宙の闇より暗くて深そうだった。それを隠すために、全身を白で覆っているのだろうか。恐る恐る、その顔をのぞいてみると、遠い昔を偲《しの》ぶように視線は宙を見つめていた。

「良かったら、話を聞いてくれる？　本当に息子に会えるのか、自分でもまだ信じられないの」

「それは、かまいませんけど、一体何があったのですか？」

「あなた、天使のリングという伝説を聞いたことがある？」

唐突な問いに戸惑った。

「天使のリング？　いいえ、初耳ですけど、どういう伝説ですか？」

「それはね、それを見れば、死んだ人に会えるっていう言い伝えよ。まあ、信じてはくれないでしょうけどね」

「はあ。真偽はともかく、それって、どこで見られるものなんですか？」

「オーストラリアよ。息子を亡くして憔悴しきった私を心配して、友だちが教えてくれたんだけどね。もちろん、元気づけるための作り話だと思って、最初は信じなかった。でも、何かにすがりたかったのでしょうね。ダメもとで、行ってみることにしたのよ」

彼女は遠くを見るようにして、静かな口調で過去の出来事を話しだした。

第一章　オーストラリア編

1

オーストラリアの東海岸にあるゴールド・コーストは、幾つものビーチが連なる国内最大のオーシャン・リゾート地である。

一〇月、現地はすでに初夏の陽気に包まれており、マリンスポーツの中心ビーチであるサーファーズ・パラダイスは、多くのサーファーや海水浴客で賑わっていた。

その荒波が打ち寄せる広大な白浜に沿って、高層ホテルが林立する一画に、松嶋菜穂の滞在するホテル・パールビーチがあった。ケアンズから現地に着いて三日目の朝、早くも全日程八日間の旅が終ろうとしていた。

部屋は二九階、バルコニーからは素晴らしいオーシャン・ビューが広がっていたが、海から吹き込む強い潮風と荒い波音は、窓を閉めても耳に響くほどだった。

その音を避けるためか、ベッドは窓から離れた部屋奥に置かれていた。キングサイズのベッドは寝心地が良かったものの、朝の目覚めは重かった。

それを見れば亡くした人に会えるという［天使のリング］を求めて、菜穂は南半球まで飛んできたのに、結局見ることができなかった。

数日前、ケアンズから珊瑚礁の美しいグリーン島へ向かう途中、曇天から薄日が差して海上を照らすことはあったが、それは普段でも目にする斜光だった。

天使のリングとは、雲間から差す陽光が海上につくる金色の輪（リング）である。

当時、三六歳だった菜穂は、自分の車の運転ミスから息子を轢き殺し、それが原因で半年後に夫とも離婚をした。それから一年経っても塞ぎがちな菜穂を心配して、女友だちが教えてくれた。元気づけるための作り話だったかもしれない。だが、それでも菜穂は信じたかった。

天使のリングを見れば息子に会える。会えたなら、謝りたい。そして、家族をやり直したい。そうすることができれば、ずっと背負ったきた十字架を下ろせるような気がした。なのに、それが叶わなかった今となっては、目覚めとともに苦い徒労感を覚えた。

薄目で枕元そばのナイトテーブルにある卓上デジタル時計を見ると、まもなく七時になろうとしていた。静かだった。それまで、窓を閉めて遮光カーテンをしていても、深夜でさえ響いていた荒い波音がほとんど聞こえてこなかった。

不思議に思い、ベッドから起き上がると菜穂は白いキャミソールの寝姿のまま、バルコニーのある窓に歩み寄った。高所恐怖症ではないにしても、初日にバルコニーへ立ったとき、強い海風にさらわれそうになったこともあり、及び腰でカーテンを開けた。そのときだった。全身を燦然《さんぜん》たる光に包まれた。それは刺すような鋭い曙光のようなものではなく、今までに体感したこともない、どこか柔らかく、何か全身に温かいシャワーでも浴びているような心地よい光だった。その中で、しばらく身動きが取れなかった。

ほどなくして目が慣れてくると、薄雲の広がる明るめの空のもとに、ブルーオーシャンの穏やかな表情が見えてきた。その数キロほど前方の沖合に、目が釘付けになった。

薄雲のすき間から一条の光が直下に差して、海上にみごとな金色の輪をつくりだしていた。ちょうど、金環日食のゴールドリングのように、輪の部分だけが鮮やかな金色に染め上がっている。まさしく探し求めていた天使のリングが、眼前の洋上に現れていた。

それが流星の類《たぐ》いと同じなら、視界から消え去る前に願いを唱えなければならない。すぐさま手を合わせようとした。が、体が金縛りにでもあったかのように動かなかった。そこで、心のなかで息子との再会を強く念じた。

やがて、サーチライトが移動するように、金色のリングがビーチへ近づいてきた。それとともに、中心部分に何やら人影らしいものが浮かんだ。

光のリングは尚も近づいてきて、そのまま砂浜を渡り、目と鼻の先まで迫ってきた。人影の周りは光の粒子が飛び交っており、眩しくて見づらかったが、そのしなやかそうな姿は、どうやら女性のようだった。それが、バルコニーへと降り立とうとしていた。

菜穂は唾を飲み込み、やっとの思いで一歩、二歩と後退《あとずさ》った。恐怖心はさして湧かなかったものの、パニックから叫びそうになった。それでも声が出なかったのは、未知なるものとの遭遇により、思考ばかりか声帯をも麻痺していたのだろう。

その人影はバルコニーに降り立つと、窓をすっと通り抜けて部屋まで入ってきた。そして、菜穂の一メートルほど直前に立った。それは両目全体が鮮やかな青い光を放っていた。目だけではない、全身が氷河みたいな透明感のあるブルーを帯びていた。人型の、それも女性の様相は呈していたにしろ、どうみても人間ではなかった。

なら、天使のリングから現れた天使にしては翼もなく、早朝の幽霊にしてはモデル並みの美脚を持っており、宇宙人にしてはフィギュア並みの均整の取れた体型だった。要するに、それは全身が青く光る人型の何かだった。

『あなたは誰なの？』

そう言うつもりが菜穂の口から洩れでたのは、「あわわわぁ」という呻き声だけだった。

眼前に立っているのは、身長が自分と同じほどの一六〇センチあまり。髪も耳もない小顔には強いブルー光を放つ双眸《そうぼう》と、鼻孔《びこう》のないちょっとした鼻、それに開きそうもない唇ふうの盛り上がりが付いているだけである。また、全身から光彩を放っているにしては、温もりが伝わってはこなかった。それなら、精巧な人型ロボットだと思えないこともなかったが、人を魅了する清冽なオーラを発しているところからすると、遠い未来からやって来た新人類のようでもあった。

突然現れたそんな相手に、菜穂は戸惑うとともに膝が震えるほど緊張していた。ただ、震えることで少しだけ筋肉が弛み、やっと声が出た。

「あ、あなたは、誰なの？　どうやって、ここへ入ってきたの？」

すぐに返答があった。

「私の名前はヘブン、と言っておきましょう。どうやってというより、なぜといったほうが大切なので、その理由を先に話します」

唇ふうの小さな盛り上がりが僅かに動きながら、女性のような柔らかな声が発せられた。

菜穂は視線を目の光に捉えられたまま、耳をそばだてた。

「ここへ来た理由は、あなたが望んだからです」

「私が望んだ？」

「そうです。あなたは天使のリングを求めて、この地へやって来た。そして、それを目にした。さあ、あなたが会いたいのは誰ですか」

「じゃあ、噂は本当だったの？」

「ただし、それは強い想いが伝わったときだけです。今回、それを感じました。だから、やって来たのです」

疑問の余地はあった。それでも、それが消え去る前に、菜穂は願いを言うことにした。

「私の願いは、もう一度亡くなった息子に会いたいの。会って謝り、やり直したいの」

「わかりました。あなたの願いを叶えましょう」

「叶えましょうって、本当にそんなことができるの？　どう見てもあなたは人間には見えないし、本当は未来人か何かで、タイムマシンでも持っているとでもいうの？」

「いいえ、そんなものはありません。追々わかると思いますが、そのためには地球を離れて、数億光年先の深宇宙に向けて旅に出なければなりません。もっとも、旅といっても地球時間で一週間ほどですが」

「待ってちょうだい。あなたの言ってることが、よくわからない。ちゃんと理解できるように説明してちょうだい」

「多くの人たちが、同じような疑問を抱きます。その疑問に答えるためには、まず私がどこから来たか、そして、そこで何が行われているかを話します……」

語られた内容は俄に信じられるものではなかったが、本当であれば信じたいものでもあった。

ヘブンが話し終わったとき、理解の許容範囲を超えていたのだろう。菜穂は立ち眩みを覚えて、そばのカウチに倒れ込んでいた。

2

菜穂を乗せた大型バスは、主要ホテルで乗客を拾いながら、空港のあるブリスベンへ向かった。帰りの飛行機は、さほど混んではいなかった。菜穂はライトウイングそばの窓際に座っており、隣の二席はともに空いていた。

左前方を見ると、機内パーティションに一〇〇インチあまりの大型スクリーンが掛かっていた。その画面に、フライト直後は気象状況や飛行情報が流れ、機内サービスが済んで食事タイムが終わった後は、「クロコダイル・レディ」というコメディ映画が映し出されていた。菜穂は映画を楽しむ気分にはなれず、機窓から茜色に染まりつつある水平線をぼんやり眺めていた。息を呑んだ珊瑚の海が、夕闇へと消えようとしていた。自ずと今朝の出来事が甦ってきた。それは夢心地だったとはいえ、記憶は鮮明に残っており、ヘブンの言葉が今でも耳奥に響いているかのようだった。

「最初に断っておきますが、言語を含め、全ての名称は、あなた方が用いているものを使います。たとえば、地球や月、太陽系から銀河まで、私たちが個々に名前を付けて呼ぶことはありません。ただ、事象を伝える場合、あなた方の用いる手段を使ったほうがわかりやすいでしょうから、そうします」

「……」

「まず私が送られてきたところは、地球から七億光年あまり離れたヘルクレス銀河団にある星のひとつです。名前は、まだあなた方が発見していないので付いてなく、仮にテラ第三惑星にしておきます。その星がある銀河の周辺では、つまりヘルクレス銀河団では様々な実験が行われているのです」

「実験？」

「そうです。その銀河団は五〇〇〇万光年ほどの範囲に、大小合わせると数千もの銀河があり、それらを掛け合わせることによって、つまり衝突させたり、合体させることで、莫大な新星を生みだしているのです。その数は数十兆、通常の星間分子雲から生まれる星々を合わせれば、一〇〇兆は下りません。その中には、生物が繁殖するのに適している惑星も多くあるし、実際に生命体が誕生している星もあります。ただ、なかなか知的生命体までには進化しません。もちろん、そんな実験は宇宙のあちこちで行われており、実は地球も銀河系が所属するおとめ座銀河団の中で、そのようにして生まれた惑星なのです。せっかく、知的生命体まで進化したのに、諍《いさか》いが絶えないのは残念なことですが。それはともかく、そうやって生命体の誕生する惑星をつくっているのですが、いろいろ試みた中で知的生命体を生みだすには、人の成分を用いるのが一番効果的だとわかったのです。それを衝突する銀河の星間分子雲に混入してやれば、地球に類似した惑星が誕生する可能性が極めて高くなります。そして、副産物としてその成分の持ち主、つまり本人とそっくりな生物、失礼、人間が生まれることまで判明したのです」

「ちょ、ちょっと待って。人の成分ということは、クローンということなの？　あなたたちは人間を拉致して、人体実験でもやってるというの？」

「そうではありません。成分とは生身ではなく、骨、それも火葬した人の骨です。この焼いた骨、焼骨粉は成分的にはリン酸カルシウムになり、それを銀河が衝突して生じた星形成領域の分子雲に混ぜてやるのが、最も効果的なのです」

「よくわからないけど、そんなことで地球のような星が生まれるというの？」

「ええ、完全コピーではありませんが、誕生した生命は多くは人類と似たような進化をたどります」

「でも、そうなるには何億、いえ、何十億という年数が必要じゃない。人間の進化だってそうよ。何万年もかかるはずよ」

「あなた方が独自に進化したように、私たちも独自に進化しました。でも、その形態は全く異なっており、当然時間のとらえ方も異なっています。こちらの銀河団とそちらの銀河団にある時間のずれを、長い進化の過程で私たちは調整できるようになったのです」

「そもそも、なぜ、そんなことがわかったの？　それに、何のために、そんなことをやってるの？」

「わかったのは、私たちの進化の過程を調べているときでした。あなた方が自分たちの進化を完全には見いだしていないように、私たちのも長らく謎でした。なぜなら、祖先が存在した星は恒星が起こした超新星爆発に巻き込まれ、消滅してしまっていたからです」

「消滅した？」

「そうです。もう九〇億年ほど前のことです」

「じゃあ、なぜ、あなたたちが存在するわけ？」

「消滅といっても、星は欠片や塵《ちり》となって宇宙空間に漂いながら残っている。いつしか、それが他の星間分子と混じり合いながら新たな星が生まれ、私たちが誕生したわけです。そして、自分たちのルーツを探しているうちに、星の中に祖先の成分が混じっていたことを突き止めたのです。つまり、遺跡を発見したのです」

「だったら、自分たちの成分を使ったらどうなの？」

「ええ、いろいろ試してはみました。うまくいったものもあれば、無駄に終わったものもあります。その中で、一番効果的なものが焼骨粉だとわかったのです。ですが、骨を持っている知的生物は、そうざらにはいません。仮に持っていても、それが恐竜レベルなら進化はたかが知れてます。さらに、人間なら誰でもいいというわけではありません。先ほど話したように、人類と似たような進化をするものを、私たちはこれ以上必要としません。

人類は、資源を独占しようと争ってきました。この私利私欲や様々な思惑が入り乱れた状況では、豊富な宇宙資源さえ、いずれは奪い合って食いつぶしていくだけでしょう。人類のために平和利用できる最後のチャンスだというのに、それさえも蔑《ないがし》ろにしようとしている。それでは先が見えています。だから、成分を選別するようにしたのです。ひとつには、不慮の事故や災害で亡くなった人々。彼らに再生のチャンスがあれば、生を正しく全うしてくれるでしょうし、痛みを知っているだけに、我を出し過ぎることもないでしょう。その存在は、あなた方が純粋に願ったとき、初めてこちらで感知できるのです」

「まだわからない。なぜ、そこまでして人間を生みだしたいの？」

「この宇宙には、様々な形態の生命体が存在しています。高度に発展したものもいますが、それでも、各々できることとできないことがあります。そのできないことをできるようにするには、目標を共有できる共感力を持つ相手が必要なのです。たとえば、私たちには時間の調整や思考を宇宙へ飛ばすことはできても、生身の人間を拉致して利用しようという悪意、つまり悪知恵は発達していません」

「頭が痛くなってきたわ。もう、話に付いていけない。でも、これだけは聞いておきたいの。要は、仲間がほしいんでしょう。でも、なぜなの？」

「急には理解できないでしょうが、あなたたち流にいえば、ゲームみたいなものです」

「ゲーム？」

「光と闇のイス取り合戦とでもいいましょうか」

「何それ？　ますます頭が混乱してきた」

「簡単にいえば、この宇宙が光で満たされれば将来は明るいし、逆に闇が占めれば全てが無と化すのです。つまり、星は銀河を形成し、銀河は星を生む。そして、拡大する暗黒の宇宙を照らし出していく。しかし、銀河の中心にはブラックホールがあり、役割を終えると宇宙を漂いながら、周りの星々を吸い込んでは破壊していくのです。ブラックホールは恒星が超新星爆発を起こしたときにも発生するから、ときに、それらとも合体しながら巨大化していき、破壊力を高めて、ついには銀河を呑み込むほどにもなってしまう。その相克のなかに、私たちはいるのです。前者が勝れば私たちは存続できるでしょうし、後者が勝れば何もない真っ暗な空間になってしまう。最悪の場合、巨大化したブラックホールは銀河のみならず、宇宙空間をも呑み込んでしまうかもしれない。そうなったら、もうホールではなく、究極の黒点、いいえ、それこそ何もない無になってしまう。そして、さらに心配なことがあります」

「さらに心配なこと？」

「この宇宙は、海に近づくほど河口が大きくなる広大な河みたいなものです。その中を砂粒みたいに銀河やブラックホールが流れています。いつか、河が大きくなりすぎたら、砂粒同士が交じることもなく、存在さえ見えなくなってしまう。そうなったら世界中の夜の闇に、ホタルが一匹しかいないようなものです。見渡す限り、もう周りには誰もいない。呼んでも誰も助けてはくれないし、暗さに震えながら永遠の孤独が続くのです。だから、そうならないように、実験を繰り返しているんです」

「もう一度訊くわ。あなたは、いったい何者なの？　あなたは神なの？　それとも神の使いなの？　とても信じられる話ではないけど、それが本当なら何のためにやってるの？」

「神ではありませんが、それに近いといったほうが、わかりやすいでしょうか。だから、実験という言葉を使ったのです。神々が行う実験、とでもいったほうがイメージしやすいかもしれません。もちろん、神といっても、形があるわけではありません。あるのは森羅万象、この宇宙で実際に起こっているあらゆる現象だけです。ですから、私たちも人類も宇宙の産物といったところでしょうか。それを神のなせる業と呼べば事は簡単ですが、それではあなたたちの科学の進歩が止まってしまう。それはともかく、質問にお答えします。最初に話したように、私は送られたのです」

「送られた？」

「放たれた、といったほうが正しいでしょうか。言うなれば、私の姿は、何億光年もの彼方から放たれたレーザー光が描く像みたいなものです。ですから、実体はありません。それは、強く望んだ人だけが感知できるのです」

「……………」

「この宇宙が無にならない方法はあります。それは私たちみたいな知的生命体を増やして、生き残る術を見つけるのです。だから、そんな実験に目をつけ、関与するようになったのです。元々、私たちは紛争を好む生命体ではないし、あなたたちみたいに武器を生みだすようには発展してこなかった。ただし、生き残りたいのは、あなた方と同じです。ですが、殺戮《さつりく》を繰り返すような生物はほしくない。宇宙の資源を、みんなのために使ってくれる生命体を生みだしたいのです。だから、地球の、それも事故や災害等で罪もなく死んでしまった人たちの欠片を使って、再生するという方法を生みだしたのです」

「……………」

「話を戻しましょう。あなたは望んだ人と会えるでしょう。そのためには、その人の遺骨、もしくは骨粉を用意しなければなりません。それはできますか？」

「ええ、遺骨はまだ部屋に置いてあるから、それはできるわ」

「では、一週間後の夜の一二時に取りに行きます」

「夜の一二時？　まだ信じられないけど、息子とはいつ会えるの？」

「すぐにとはいきません。地球時間で三〇年待ってください」

「三〇年？」

「これから始めるとして、それぐらいの手間暇はかかります。その間に、お互いの時間も調整しなければなりません。準備が整うまで、健康には気をつけていてください。その頃、あなたを迎えに来ます」

「息子と本当に会えるのね」

「ただし、過去に行くわけではないので、まったく同じというわけにはいきません。どういうシチュエーションになっているかは、会ってのお楽しみです」

「信じられないけど、それで本当に息子に会えるのね。信じてもいいのね」

「信じる信じないはあなた次第ですが、私がこうやってここに現れた事実を考えれば、信じてもかまわないでしょう。それから、旅はあなただけではありません。同様に身内を亡くして悲しんでいる方、苦しんでいる方がたくさんいます。同乗者は大勢になるでしょう。それでは、また日本で会いましょう」

その体から、急速に色が抜けていった。

「また日本でって、日本の……」

『どこなの？』と訊こうとしたときには、すでにその姿が消えてしまっていた。

ヘブンを包んでいた光彩も消えると、時空の歪みにでも引き込まれてしまったのか、体がねじれるような感覚に襲われた。そして、異質な気怠さを覚えて意識が遠ざかった。

どれほど気を失っていたかわからない。目覚めて卓上時計を見ると、デジタル表示は一分も経っていなかった。菜穂は起き上がって窓辺に寄り、海へ視線を向けた。そこには光のリングはなく、昨日と同じような荒々しい波が白砂のビーチに打ち寄せていた。

3

帰国して一週間が過ぎた。約束の日は朝から雲ひとつない快晴だった。菜穂は早朝から落ち着きがなく、ちょうど休日と重なったというのに、普段ならまだ寝ている時間から起き出し、テレビの時刻を見ては何度も目覚まし時計を合わせた。そして、部屋の中を歩き回りたかったのをグッと我慢して、リビングのふたり用ソファに座った。というのは、住まいの二階建て賃貸住宅は、上下に二世帯ずつ、計四世帯がいるだけの小規模のものであり、早くからドタバタやって苦情でも来たらまずかった。

時間は、留まっているかのようにしか進まなかった。居ても立ってても居られなくなり、立ち上がって整理ダンスの上に置いてあるミニ祭壇に寄った。菜穂は手を合わせてから、慎重に骨壺の入った箱を持ってソファに戻り、紐を解いて中から白い陶器を取りだした。それを前にあるガラステーブルの中央にそっと置き、左側に目覚まし時計を並べた。

それからは食事やトイレ以外はソファに座ったまま、目の前に置いた骨壺と目覚まし時計を交互に見つめた。

蓋は取るべきか、中身を皿にでも出しておくべきか、電池は大丈夫か、時刻は合っているか、そんなことをあれこれ考えながら、時間が過ぎていった。

時の流れをこんなにも遅く感じたのは、事故を起こして以来のことだった。息子の遺骨と向かい合うと、否応なしに当時のことが脳裏に浮かんだ。

血だらけになった息子を前にしゃがみ込んだとき、夫が呼んだ救急車は永遠に来ないように思えた。

「健太！　健太！　しっかりするのよ！」

血反吐《ちへど》とともに、五歳の息子が歪《いびつ》に横たわっていた。

買い物から戻り、いつものようにワンボックスカーを自宅の車庫にバックで入れた。助手席にいた健太は母親の手伝いをしたかったのだろう、幾つかあった買い物袋の中から果物の入った紙袋を持った。菜穂は息子が車を降りて、車庫から玄関ホールへと続くサイドドアを開けたのを見た。それから、若干斜めに入った車体の位置を直したくて、少し前進してから再びバックした。

アクセルを踏み込みすぎたのもあり、目測を誤って後ろの壁にぶつけてしまった。その際、動物を潰したかのような嫌な感触がした。

ネコでも轢いたのかと思い、少し前進させてから車を降り、後部を見ると変わり果てた息子の姿があった。周りには、グレープフルーツが転がっていた。紙袋から落ちたものを拾おうとして、息子は車庫に戻ったらしかった。菜穂の完全な不注意だった。

家にいた夫が異常を感じてやって来た。

「まさか……、おまえが轢いたのか！」

おまえが殺したのか……、そんなふうに聞こえた。菜穂はしゃがみ込んで、「健太、健太」と、ただ泣き叫んでいた。

夢ならどれほど良かったか、悪夢であっても夢ならいつかは覚めてくれる。だが、いつ目覚めても、残酷な現実が待っていた。息子を亡くした、それも自分が殺《あや》めてしまったという決して消えない事実、そして、胸を全て抉《えぐ》られてしまったかのような心の痛みが残った。


閉じた目から涙が零れ落ちていた。菜穂は人差し指で両頬を払うと、目を開けて目覚まし時計を見た。予定の一二時まで、あと三〇分ほどに迫っていた。

しばらくして、南側の窓下から物音が聞こえた。ちょうど、一階ドア前の駐車スペース付近である。窓のほうに視線を向けると、半分ほど開けたカーテンから近くを流れる二級河川が見えていた。春は桜並木が美しく、住民の恰好のジョギングコースになっている。川向こうには住宅街が広がっており、所々が防犯灯の明かりでぼんやりと浮かび上がっていた。ほどなく、ネコの鳴き声がした。

菜穂は視線を再び骨壺に戻した。秋の冴えた月明かりのせいか、ライトを消した薄暗い室内でも、陶器の白が淡く浮かび上がっていた。

『それにしても……』

菜穂はヘブンのことを考えた。

『どうやって現れるのだろう？　光のリングが、また差すのかしら……』

であれば、寝静まる頃といっても夜なので、その光彩はかえって目立ってしまう。誰かに見られたら、騒ぎになったら、と少し不安を覚えた。

まもなく、時計の針が一二時を差そうとしていた。そして、ついに三本の針が頂点で重なった。

ドクン！　と心臓が跳ねると同時に、青い光（ビーム）が室内に飛び込んできた。清冽《せいれつ》なキリッと引き締まった光線である。それは透明感のある、ゴールド・コーストのホテルで見た青い光と同じだった。その先端が、骨壺の中ほどをピンポイントで差していた。軌跡を辿っていくと、窓の外から夜空の遙か彼方へぶれることなく、一直線で延びていた。

視線を戻した菜穂は、思わず息を呑んだ。表面に留まった光点の色が、どことなく青白くなっていた。直径数ミリにも満たないビームの先端付近を凝視してみると、その中で白いパウダー状の粒子が、まるで粉雪が舞い上がるように昇っていた。光の筋が中の骨粉を吸い取っていた。

「健太！」

息子の名前が、つい口から衝《つ》いて出た。

「ヘブン、あなたなの？　あなたが息子を連れていってるの？」

返事はなかった。

ほどなく、青白くなった光線が突如、骨壺の接点からスッと消え去っていった。その光跡を見送ってすぐ、菜穂は丸い蓋《ふた》を取って中を覗き込んだ。目分量的には中身が減っているふうには見えなかった。

蓋を戻すと、立ち上がって窓辺に寄った。半信半疑のまま、光線が消えた夜空の彼方を見つめた。そこには月明かりに邪魔され、儚《はかな》くなった星影がまばらに見えるだけだった。

『三〇年後、あなたを迎えに来ます』

ふと、そんな声が耳奥に響いた。それは聞き覚えのあるヘブンのものだった。

「やっぱり、あなただったのね。わかった、ちゃんと待ってる」

もう、耳には何も響いてこなかったが、『確かに今、私は交信した』という確信があった。旧友が約束通り訪ねてきた、そんな思いだった。

宇宙のどこかと繋がっている、私はひとりじゃない……。そして、三〇年待てば、息子に会える。きっと……。

菜穂は長らく感じたことのなかった希望という温もりを胸に抱きながら、ひとりで背負ってきた十字架が、少しだけ軽くなったような気がした。

4

　彼女の話を聞いていくうちに、俄には信じ難い内容だったにしても、今の状況を鑑みれば、その内容を少しは理解できそうだった。この船は悲しみや苦しみを抱えた人々を救済するために、それぞれの黄泉へと向かっているのだろう。そして、姿こそ見なかったにしろ、私が聞いた声の主も彼女の聞いたものと同じだったのだろう。そんなことを思っていると、話が一段落したようだった。そこで質問をしてみた。

「確かに、その声の主は、三〇年後に迎えにくると言ったのですね」

「三〇年後、あなたを迎えに来ますって、私にはそう聞こえた。たぶん、どんなに科学が発達した未来でも、同じ命を再生するには、それくらいの時間がかかるのでしょう。ともかく、それ以来、ふさぎ込んでいた生活が一変したわ。だって、三〇年待てば息子と会えるのよ。久しぶりに希望を感じたわ。信じがたい出来事にしても、それまで背負っていた十字架が、少しだけ軽くなったような気がしたの」

「そして、あなたはここにいる。でも、三〇年は長いですよね。今まで、どんなふうに過ごされてきたんですか？」

「いろいろやったわよ。介護施設でヘルパーをやったり、ビルや駅の清掃なんかもね。当初は待ち遠しくて、あまりにも遅く感じる時の流れに苛ついたものだけど、過ぎてみれば、あっという間だった……」

『宇宙に浮かぶ銀河の煌《きら》めきは、約束の地へと続く道標にも見えているのかもしれない』

そんなロマンチックなことが、脳裏に浮かんだ。

「でも、本当に息子と会えたなら、最初に何と言って声をかけようかしら。やっぱり、まず謝らなくちゃね。でも、怒っていたらどうしよう。それよりも、すっかりお婆ちゃんになった私を、母親だとわかってくれるかしら……」

彼女は不安と期待が膨らむばかりの胸の高まりを、押さえられそうにもなかった。

「ところで、五列前の席に、年配の女性が座っているでしょう」

言われた前方を見やると、白髪の頭があった。

「あの人は、息子さんとふたりの娘さんに会いに行くそうなの」

「やはり、事故か何かですか？」

「昔、三陸を襲った大津波で、高校生だったお子さんたちを亡くしたらしいの。日本は自然災害が多いから、似たような境遇の人たちがたくさん同乗しているみたいよ」

「では、あの人は、日本で天使のリングというのを見たのでしょうか？」

「彼女は、そんな話は知らなかった。でも、子供たちを偲んで曇天の海を見ていたときに、突然、陽射しに包まれたことはあるとは言ってたわ」

確約されたわけではない希望、それでも、ないよりはあったほうがいい。白髪の後ろ姿からでも、そんな胸の内が伝わってくるようだった。

同行者の多くが持つ憂いの表情、そして、拭っても拭っても取れない胸のざらつき。出直したくても、それを阻害する深部まで染み込んだ心の痛みは、死ぬまで消えることはないのだろう。

「みんなそれぞれ、某《なにがし》かの悲しみを背負っているんですね」

「ええ」

確かにそうであるなら、天使のリングはあってほしい。傷は、いつかは癒えてほしいものだから。そして、車にはねられた際に私を包んだ光の輪も、きっと天使のリングだったのだろう。だからこそ、父のいる黄泉の国へと誘われたのだ。

「でも、それも、じきに終わりますね」

「心臓が、ドキドキしてるわ。歳のせいか最近は体が弱ってきたから、到着まで保ってくれればいいのだけど。ところで、あなたはどうするの？　一緒に降りないの？」

「私は、父の待つ黄泉まで行くつもりです」

「それなら、私みたいに途中で降りる人もいるから、もう少し先の話ね」

「そうですね」

「あら、長居しちゃった。もうすぐ到着の時間だから、そろそろ戻って待機しなくちゃね。本当に息子と会えたなら、喜んでくれればいいのだけど」

「大丈夫ですよ。母親に会いたくない子供なんていませんよ」

「そうだといいけど」

彼女は、子供が遠足に行く前日に見せるような笑みを見せた。それは、不安より期待が勝った笑みだったのだろう。

今後の成り行きを知りたくなった私は、了解をもらってビジョン転送用のチップを渡した。それからほどなく、彼女は前方の自分の席へと戻っていった。いよいよ、下船が迫っていた。


青白い船体を通して、ときおり見えるその銀河は、ひときわ際立っていた。形、色、輝き、全てにおいて、それまで流れ去っていったものとは比較にならないほど美しかった。似通ったサイズのふたつの渦巻き銀河が均衡に混ざったらしく、全体はハート型にも、手と手を取り合っているようにも見えた。銀河本体の丸みを帯びた輪郭は、青い光輝が強く張り出しており、その内側に筋状の赤い光輝が枝状にうねっていた。中心部は濃いガスで何重にも覆われているせいか、奥はあまり見えないものの、それは朝日を隠す曇天のようなもので、周りに洩《も》れでる陽光にも似た暖かみのある光が、いずれ来る未来が希望に満ちていることを予感させた。

徐々にバカでかい本体に近づいていき、青い光輝——それは何億という星々がつくる光の帯だったのだけど、その中に本船が呑み込まれていった。

やがて、恒星系の惑星が現れ、地球にも似た青白く輝く星が見えてきた。

まもなく、転移を行います。希望者は、自分の席で待機してください——

ほどなくすると、トランスポーテーションなのか、見える範囲で前方三〇人ほどの乗客が、黄色だったシートカラーが青白く変わるとともに次々と消えていった。

それから、ほどなくしてだった。私の記憶チップに映像が送られてきた。彼女はどうやら、設備の整った病院か、介護施設のベッドに横たわっているようだった。

誰かが呼びかけていた。

「大丈夫ですか？　声が聞こえますか？」

彼女が目覚めたらしく、白衣を着た医師らしい三〇歳代の男性が、にこやかな表情で顔を覗き込んでいた。

「ここは……」

「よかった。気がつかれましたね。もう、心配はいりませんよ。しばらくは意識がぼやけているかもしれませんが、じきに戻りますから」

「健太？　あなたなのね……」

感極まっているらしく、彼女の声が震えていた。それ以上は、声を発することができない様子だった。その男性が、上げられた彼女の右手を握りながら言った。

「お子さんのことですね。搬送されて間もないので、今は、まだ安静にしていたほうが良いでしょう。詳しいことは、明日話しましょう。そのときに、ご家族のことなど訊かせてくださいね」

彼女は泣いているらしく、画像が揺れて涙で曇っているふうだった。

ふたりの再会は意外なものだった。彼女の感極まった様子からすると、医師らしい男性には息子の面影があったのだろう。男性のほうは、彼女が母親だとは気づいているふうではないにしても、医師なら担当医として気づかっていくだろう。それだけでも、彼女にとっては幸せなことにちがいない。

これで、彼女が長い間抱えてきた苦しみも、やがては癒されていくのだろう。そう思える瞬間に立ち会えて、私の胸のざらつきも少しは薄らいでいた。

第二章　アメリカ編

1

土砂崩れに襲われた奥深い山間地。地震関連の取材で、私は熊本県・南阿蘇の集落を訪れていた。土砂の埋没から免れた住民に話を訊いて回り、損害や復旧のめどを確かめていた。もちろん、被災して悲嘆に暮れる家族もいれば、押し寄せるマスコミに神経質になっている被災者もいた。

途中、ぬかるんだ山道を歩いて、奥まった民家へ向かっているときだった。突然、大きな余震に襲われ、前のめりに転倒してしまった。そのとき、不気味な地響きを耳にした。

顔を上げたときには、すでに近くの山肌が崩れ落ちてきていた。起き上がろうにも、ぬかるんだ地面に動きを奪われ、そのまま土砂に呑まれてしまった。すえた臭いの腐葉土や泥水が、容赦なく鼻や口に押し入ってきた。

酸素を求めて飛び起きた。少し喋り疲れたのか、どうやら、うたた寝をしていたようだ。病院みたいな映像を目にして、事故に巻き込まれたときの夢を見てしまったのだろう。

結局は自力で這い出たのだけれども、ミイラ取りがミイラになる、そんな笑えない出来事に、それ以降は現場回りが怖くなった。

ここで気分転換に、二階へ行くことにする。

幅が五メートルほどのなだらかな光のスロープを進んで上の階へ行くと、そこは広いラウンジ風になっている。下の階と違うのは、帯状の黄色い光が二メートルほどの間隔で高い天井から床まで下りており、それに触ることでライトシートに変化する。だから、ふたり、三人と向かい合って座ることも可能である。

少し歩いたところで側壁そばのライトシートに、ひとり佇む初老の白人男性を目にした。茶色のジャケットに、ジーンズというカジュアルな格好である。父親に似た横顔に興味を覚え、寄ってみることにする。尚、会話は英語でも大丈夫だけど、記録は日本語で残しておく。

＝自動翻訳モード、オン＝

「あのう、おじゃましてもいいですか？」

彼は軽く会釈すると、正面に座るように促した。光の帯に触れてライトシートにし、向かい合うようにして座った。

正視すると、やはり大変な思いをしたのか、端正な顔立ちなのに目の周りを中心に深いしわが目立っている。尚、虹彩《こうさい》は淡いブルー、毛髪はグレーで頭頂部は薄くなっている。

彼の名はジョン・マーティン、アメリカ・ネブラスカ州の出身だった。私も名乗ったあとで、彼のほうから尋ねてきた。

「どこまで行くんだい？」

「黄泉までだけど、あなたは？」

「オレは降りそびれたよ」

「降りそびれた？」

「実は、ずっと手前にあった星雲で降りる予定だったんだが、その形を見て気が変わってしまったんだ。だって、信じられるかい？　その星雲は、おぼろげながらもコルトタイプのピストルの格好をしていたんだ。子供を銃で失った身としては、辛くなってな……」

子供を銃で失った？　私の好奇心が、再び顔をのぞかせてきた。

「よかったら、何があったのか話してくれませんか」

「かまわないが、よかったらランチに付き合ってくれないか。ひとりで食事をするのも味気なくなってな」

「ちょうど、お腹も空いてきたし、いいですよ」

「私はコーヒーとチキンサンドにするよ。君は？」

「じゃあ、同じもので」

ほどなく、本物そっくりのものが目の前に現れた。白い紙コップに入ったホットコーヒーと長方形のチキンサンドイッチが、お互いの目の前に浮いていた。手に取れば感触もあるし、口にすれば味覚や食感も伝わってくる。

食事をしながら、彼はふたりの子供を銃の事故で亡くしたことを話し始めた。当時の様子を思い浮かべるのは辛いのだろう。途中で何度も食事の手が止まった。

2

アメリカ中央部にあるネブラスカ州。その東境を南北に流れるミズーリ川を渡れば、そこはもうアイオワ州である。橋からそのままハイウエイ92を車で進んで約五分、道路の右手にウエスタン調のバーがぽつりとあった。

元銀行マンのジョン・マーティンが、入店したのは夕方の頃。田舎の一軒屋のうえ、開店まもない時間帯というのもあり、客はまばらだった。

ジョンは厳《いか》ついバーテンダーがいる右手のカウンターではなく、奥の壁際に置かれたふたり用の丸テーブルのひとつに席を取っていた。

ウッドフロア中央にはプール（ビリヤード）テーブルが置いてあり、暫くするとアジア系の若者ふたりが、球を撞《つ》き始めた。

意味不明な言葉と、赤いスウェットに白字でNEBRASKAと大きなロゴをあしらった服装からみても、恐らくはどこかの留学生らしかった。ジョンもそうだが、地元の人間なら夏が過ぎたとはいえ、まだTシャツにジーンズという格好が一般的である。

『この季節に長袖を着てるのは、われわれとは皮膚感覚が違うのだろう……』

そんなことを、ジョンはビールを飲みながら漫然と思っていた。

ネブラスカにあるジョンの故郷は、人口五万人のベルビュー市である。もちろん、バーやパブだってある。それを敢えてアイオワの辺鄙な店にやって来たのは、人目を避けたかったからだ。

やっと裁判が終わり無罪放免になったとはいえ、「わが子ふたりを殺害　シリアルキラー（連続殺人犯）の悪夢再び」というマスコミの大騒動の余熱は、まだあたりに燻っていた。ひとりで飲みたかったのもあり、以前見かけたことのあるこの店に寄ったのだった。

来店して一時間ほど過ぎると客足も増え、あたりにはタバコの煙が充満し始めていた。子供のために禁煙して早一〇年。そのふたりを銃の事故で亡くし、妻にも離婚された身としては、禁煙の誓いなどどうでもよかった。しかし、タバコを久しぶりに吸ってはみたものの、煙は肺に重く不快なものだった。

ジョンが二本目のビールを飲んでいるときだった。カウボーイ風の中年太りの白人男性が現れると、ちょうど空いたプールテーブルの前に立った。そして笑顔で、「おれはショーンだ。みんなおれの店へようこそ。さあ、今日は大いに楽しもうぜ。ショータイム！」と声を張り上げ、周りの客を相撞き（対戦）に誘った。

アルコールの影響もあってか、腕自慢が次々と現れ、忽ち行列ができた。早速、エイトボール（プールゲームのひとつ）による勝ち抜き戦が始まった。ほどなく、周りから歓声が飛び、店内は活気づいていった。

それから一時して、ジョンが三本目のビールを頼もうと、カウンターへ寄ったときだった。店主のショーンがタバコを片手に一服しており、唐突に話しかけてきた。

「女の子から、あんたに電話だよ」

「女の子？」

ジョンに女性の心当たりなどなかった。

「あんたを、ここで見初めたそうだ」と薄笑いを浮かべながら、ショーンはエントランスのほうを指差した。

「見初めた？」

店内でも、それらしき相手を見かけた覚えはなかった。

「あんたがイケメンだから、ひと目惚れしたんじゃないのか。だけど、デートするんだったら、小遣いをあげるんだぜ」

「小遣い？」

「電話は入口の左側にあるから、早く行ってやんな。女を待たせるもんじゃないぜ」

急かされ、ジョンが半信半疑のままエントランスへ向かうと、ホールを出た左手に四角い壁掛け電話があった。

受話器が本体の上にのせてあり、不審に思いながらも手に取って耳に当てた。

周りの騒音でよく聞きとれなかったが、相手の名前がケイトで、落ち合う場所は何とかわかった。


バーの裏手に続く小道を少し歩くと、一階建ての安っぽいモーテルがあった。屋根にシンプルにしろ、「ＭＯＴＥＬ」の青いネオンサインがなければ、ただの安アパートに見えるその建物には、部屋が横並びで七つあった。

待合場所に指定されたのは、一番左手の一〇一号室。入ってみると、室内の家具も安っぽかった。ベッドはダブルにしても使い古した感じだし、壁側にあるふたり掛けソファの生地も所々擦れていた。そのソファに、ジョンはだらりと座っていた。

小型の冷蔵庫から出したビールを飲んでいると、ほどなくしてドアを軽くノックする音がした。酔いも回って立ち上がるのが億劫だったので、座ったままで言った。

「開いてるよ」

すぐにドアが開いて、赤いミニのワンピースを着た若い女が入ってきた。そして、股間まで見えそうな引き締まった褐色の太ももを見せつけるようにして、ジョンの前に立った。肩まで伸びた黒いストレートヘアが、東洋系の美人顔に合っていた。ただ、細い眉と切れ長の目が、さらに手にした銀ラメのポーチが、二〇代の気の強さを印象づけていた。

ジョンが無表情で見つめていると、女が素っ気なく言った。

「わたしがケイトよ。前払いで一〇〇ドルだからね」

「一〇〇ドル？　そういうことか……」

今さら気づいても遅いが、立ち寄ったバーは売春宿だったのだ。酔っているとはいえ、うまくのせられ、まんまと引っかかってしまった自分が情けなかった。それも、部屋で待っている間さえ思い浮かばなかったのだから。ただでさえ気が晴れないのに、ジョンはさらに落ち込むばかりだった。

自分に関心を示さない客の様子に、ケイトと名乗った女が苛立ちぎみに言った。

「やるの、やらないの？」

それでもジョンは反応を示さなかった。

ケイトは、『やれやれ』といった表情を見せ、

「じゃあ、その気にしてあげる」と、背中に両手を回してファスナーを下ろそうとした。

それをジョンは止めた。

「いいんだ、脱がなくても」

「脱がなくても？」と怪訝《けげん》な表情を浮かべながらも、尚も誘ってきた。

「じゃあ、口でしてほしいの？」

「いや……」

男としての反応がない相手に、今度は泣き言を並べだした。

「ねえ、お願いだから、やろうよ。稼がないと、マスターに叱られるんだ」

「………」

「それとも、ほかのプレイがしたいの？　わたし、変態ぽいのは嫌いだからね」

より良い返事を期待してか、ケイトが表情をうかがってきた。すると、

「あんた、どっかで見たことのある顔だね。どこだったか……」

思わず、ジョンは顔を逸らしてうつむいた。が、女はすぐに何かを思い出したようだった。

「そうそう、以前ワイドショーに出てたよね……」

記憶が戻ったらしく、その表情が曇った。

「あんた、確か自分の子供を殺した人ね」

そこは、はっきりさせておきたかった。

「殺してはいない。あれは事故だったんだ」

「本当なの？」

「うそじゃない。それが証拠に、裁判で無罪になったじゃないか」

「そうだったかしら？　どっちにしても、わたし、帰る」と、ケイトがドアへ向かおうとした。

「待ってくれ、もう疑われるのは嫌なんだ。金は払うから、話だけでも聞いてくれないか」

「金は払う？」

「ああ」

「話を聞くだけでいいの？　やらなくてもいいのね」

「そうだ」

「じゃあ、ＯＫよ。わたしはベッドに腰掛けるけど、あんたはそこにいてね。それでいい？」

「かまわない」

ケイトはベッドの足側に腰を降ろして、硬い表情を向けた。

ジョンはビールをひと口飲み、息を長めに吐いた。それから、「あれは、一年ほど前のことだった……」と話しだした。その表情が段々苦しげになっていった。

トウモロコシの一大産地であるネブラスカ州は、コーンハスカー（コーンの皮をむく人）の愛称で知られており、その最大の都市は東の州境にあるオマハ市（人口四一万）である。そして、その南の郊外にベルビュー市があった。

ベル・ビュー（素晴らしい眺め）という名の通り、一帯には開放感のあるなだらかな丘陵が広がっている。市内には、住宅やプール付きのアパート、そして様々な公共施設や商業施設が混在しており、小学校から大学、ショッピングモールや映画館、郊外には緑豊かなゴルフコースだってある。銀行はドライブスルーだし、ファストフードはタコスまである。

要するに、通常の生活から娯楽まで、都市部まで出掛けなくても近場で事足りる住みやすい町だったのである。ただ、ほかの多くの町と違うのは、地下に戦略司令本部を持つオファット空軍基地を有していることである。よって、大学やスーパーでさえ、制服姿の軍人を見かけるのは、さほど珍しいことではなかった。

そんな町の中心から車で北東へ五分ほど行くと、森に隣接するマーティン通りに入る。そこには木立の合間に道を隔てて戸建てがつづき、その中のひとつにジョンの自宅があった。結婚して長男が生まれたのを機に、一〇年前に購入した二階建ての家である。

今では四歳になった長女を含めて四人家族。仕事は地元の銀行に勤めており、車を二台保有する一般的な白人の中流家庭だった。

ジョンは充実した日々を送っていた。仕事は忙しくても順調だったし、週末の休みは同僚とテニスをしたり、妻と食事や映画にも行く。もちろん、家族サービスも忘れず、日曜日には車で一緒に出かけた。敬虔なクリスチャンであるジョンは、教会で行われる日曜の早朝ミサにも欠かさず出席した。要するに、家族思いの良き夫だったのである。

仕事、家族、友人。全てにおいてジョンは満たされていた、あんな悲惨な事件が起こるまでは。


日曜日の朝だった。教会から戻ったジョンは、自宅の車庫前で家族用に使うトヨタの白いワンボックスカーを洗っていた。ホースを上部に向け、汚れが目立つようになったボディへ、水を振りかけていく。上空にはインディアン・サマー（秋晴れ）が広がっており、絶好の行楽日和だった。

その日の予定は、家族で隣のアイオワ（州）に行き、マナワ州立公園の湖畔でバーベキューとバード・ウォッチングを楽しむことになっている。そのため、妻のドナがジョンの通勤用のビュイックで、町のスーパーまで買い出しに行っていた。

公園までは片道三〇分ほどの近場なので、昼過ぎに出発してもゆっくりできる。よって、洗車が済めば、裏庭にやって来る小鳥やリスのために、ジョンはエサ場も補充するつもりだった。赤や青の鮮やかな羽毛の小鳥に加え、木の枝にトウモロコシを吊しているだけで、裏の森から木々を伝ってリスがやって来る。希にシカもやって来る。そんな光景を見ながら家族揃って食べる日曜のランチョン（遅い朝食）は、最高の贅沢であり、至福のときだった。

そんなことを思い浮かべるだけで気分が晴れやかになり、つい、軽快なハミングが出ていた。

ブラシで、前輪のアルミホイールを擦っているときだった。

突然、「バン！」という発砲音みたいな音が頭上から聞こえた。見上げた先には、二階の子供部屋があった。

胸騒ぎを覚え、ジョンはブラシを放って玄関に駆け寄った。

ドアを開け、念のために右手の簡易クローゼット――外出用のブルゾンやコートが入っている――を見上げた。そこには、黒いソフトケースに収まった護身用のライフルがあるはずだった。家族を侵入者から守るため、町のショッピングモールで買った銃だ。半年ほど前に裏手の森で息子に撃ち方を教えたっきり、置いたままになっている。それが見当たらなかった。一瞬で血の気が引いた。

ジョンは急いで玄関先の階段を駆け上がった。

二階の階段わきには、家族団らん用のファミリールームがある。一階にある暖炉付きのリビングほど広くはないにしても、厚手の絨毯の上にはカウチ代わりの黒いロングソファや、棚には液晶テレビやウイスキー類が並べてある。その前で、息子のマイクが剥き出しのライフルを持ったまま、呆然と立っていた。あたりには薄く火薬臭が漂っていた。

「どうしたんだ？　マイク」

息子の死角になってすぐには気づかなかったが、ほどなく銃身の先に仰向けに倒れた幼子ベティの姿が目に入った。ピンクのスウェットの胸辺りが赤黒く滲んでいた。

「ベティ！」

ジョンは近寄って床に崩れ落ちた。小さな肩に手を添え、青白くなった顔をのぞき込んだ。両目は閉じ、もう息をしていなかった。

「ぼく、知らなかったんだ、弾が入っているなんて。ただ、ふざけていただけなんだ」

マイクは苦しそうに涙声でそう吐き出すと、銃をその場に放って、逃げるように階段を駆け下りていった。

すぐに、「ワッ！」という悲鳴と、「ドスン！」という鈍い物音が階下から聞こえた。階段から落下したマイクは首の骨を折り、即死だった。

「………」

言葉に詰まり、ジョンは黙り込んだ。そこで、それまで大人しく話を聞いていたケイトが口を開いた。

「でも、あんたは、自分の子供を殺した犯人として逮捕された。そう言えば、どっかのレポーターが、父親が子供を撃ったと言ってたけど、そうじゃないのね。子供を突き落としたっていうのも、デマだったんだ」

相手の苦渋が滲む表情からは、消えようもない胸に抱える痛みが伝わってくる。ケイトは同情ぎみになっていた。

「おれは、そんなことはしていない。まったくのでたらめだ。とても子供たちを愛していたんだ。それに、最初は犯人ではなく、容疑者として連行されただけなんだ」

「そう……」

「それからどうなったかは、ワイドショーを見てたら知ってるだろう。世間では、かなり話題になってたからな」

「確か、シリアルキラー（連続殺人者）の再来かって騒がれていたよね」

「昔、基地に勤めていたやつが、新聞配達の少年らを殺したことがあったからな。それにこじつけられてしまったんだ。ほんと、いい迷惑だよ」

「でも、何でもっと早く釈放されなかったの？　ちゃんと説明すれば、すぐに事故だってわかったでしょう」

「おれも悪かったんだ。悪ふざけにしたって、警察に息子が妹を殺しましたって、なかなか言えなくてな。ショックもあったし……。でも、状況証拠はあったんだ。弁護士が言ってたけど、息子の手には硝煙反応もあったらしい。検察側は、おれが後で擦りつけたんだって濡れ衣をきせやがった。こっちの手には、そんなものはなかったのに。本当に、ひどい裁判だった」

「それで、奥さんとはどうなったの？」

「ずいぶん責められたよ、どうして子供たちをちゃんと見てなかったのって。最後まで、おれの親としての監督不行き届きだと言って、許してはくれなかった」

「じゃあ、離婚？」

「ああ。家族を守るために買った銃なのに、そのせいで全てを失ってしまった……」

「かわいそうに……」

「あれから一年たったというのに、まだ、あのときの光景が目に焼き付いて離れないんだ。血だらけになった子供たちの姿がな。それでも、もう会えないのかと思うと、とても耐えられない。できるものなら、子供たちに会いたい。もう一度会いたい……」

それまで何とか冷静さを保っていたジョンだったが、堪えきれなくなったのか、両手で頭を抱えて嗚咽し始めた。

ケイトはベッドから立ち上がるとジョンに歩み寄り、子供でもなだめるように上からそっとハグをした。

「かわいそうな人……」

優しさのこもった人の温もりが、ずたずたになった心を癒していた。

ほどなく、隣の部屋からドアの音がした。

「すまない。もう、大丈夫だ」

「いいのよ」

ケイトは薄く笑みを浮かべ離れた。

「そうだ、忘れてた」

ジョンは思い出したようにジーンズの後ろポケットに手をやると、マネークリップで挟んだドル紙幣を取り出した。

「まだ、金を払っていなかったな」

ジョンは二〇ドル紙幣を六枚数えて手渡した。

「チップをはずんでおくよ」

「ありがとう、あんたって本当はいい人だね」

ケイトはそれをポーチに入れた。

「こちらこそ、話を聞いてくれてありがとう。少しは気が楽になったよ」

「じゃあ、わたしは戻るけど、これからどうするの？」

「酔いもさめてきたから、もう少ししたら帰るよ」

「じゃあ」とケイトはドアに歩み寄り、ドアノブに手をかけようとした。と、その手が止まり、「そうそう」と何かを思い出したように振り返った。

「そう言えば半年ほど前だったか、客から聞いたんだけど、ゴーストダンスって知ってる？」

「ゴーストダンス……？　ハロウィン・パーティの踊りか何かかい？」

「そうじゃないの。死んだ人が蘇るっていうインディアンの儀式よ」

「インディアンの儀式？　何だい、それ？」

「興味があるなら話してもいいけど」

「死んだ人が蘇るか……。怖い話は苦手なんだが、何だか面白そうだな。よかったら聞かせてくれないか」

「いいわよ」

興味を示されたことに気をよくしたらしく、ケイトはジョンのいるソファに寄り、その隣に座った。

「細かいところは忘れてしまったけど、あれは確か……」

真顔で話されるその内容は、初めて耳にする実に不思議な話だった。

3

かつて、東からやって来た開拓者たちは幌馬車に乗り、道なき大平原をプラット川（ミズーリ川に注ぐ）に沿って西へと進んだ。途中、インディアンの襲撃を受け多くが命を落とすも、それでもフロンティア精神は途絶えることなく、あとに続く幾つもの轍が道を成していった。

それは今では州間高速道路（interstate　Iと標示）となり、大平原は豊かな穀倉地帯に変わった。プラット川周辺の豊富な地下水と、ピボット型散水システムのお陰である。ピボットは数百メートルのアームを持ち、多くは回りながら散水するため、広大な円形の畑をつくっていく。それらが多数集まってできる幾何学的模様は、ミステリー・サークルにも似て不思議な光景を生みだしている。オマハ（市）から西隣のワイオミング州に至るI―80にのると、ほどなくそんな風景が広がってくる。

ジョンが運転するビュイックの車窓からも、収穫期に入って色付いたトウモロコシ畑や小麦畑が見えていた。

高速を飛ばして数時間、一向に変わり映えしない枯草色の景色にも飽きてきた。ちょうど、晴れない自分の気持ちと重なり、走るほどに景色と同化していくような変な錯覚を覚えた。

行き先は、青空と地平線が交わる遥か彼方である。ノースプラットを過ぎ、半分以上進んだオガララでハイウエイ26に乗り換えると、ピックアップトラックやキャンピングカーが目立ってきた。

それでも相変わらず似たような光景に、ジョンは眠気を催してきた。愛車ビュイックの乗り心地はGM（ゼネラル・モーターズ）を代表するセダンだけあり、悪くない。わが家のソファに座ったかのようなクッションの心地よさに、カウチポテトにでもなった気分である。それが、かえって眠気を助長していた。

気分転換に、カーラジオのスイッチを押した。すると、のんびりとしたカントリーソングが流れてきた。尚さら、眠くなった。

目的地のチムニーロック（えんとつ岩）までは、オマハからだと西へ約四四〇マイル（七〇〇キロほど）。西隣のワイオミング州手前にある最寄りのスコッツブラフ（浸食崖地帯の町）までは、国内便があるにはある。だが、空港や狭い飛行機の中で人目に晒されるよりは、時間がかかっても車で行くひとり旅のほうが気が楽だった。それでも、一〇時間あまりのロングドライブでは、さすがに疲れが溜まってきた。

曲が変わり、往年のカントリーシンガー、ジョニー・キャッシュの物悲しい歌が流れてきた。渋味のある声が、愁いを帯びたハートに響いてくる。

「I'm a little lonesome I could cry……か」

歌詞同様、泣きたい気分に浸りながら、ジョンはケイトが話してくれたインディアンの儀式を思い出していた。

　ネブラス州の西方にある奇岩、チムニーロック。それは、広大な原野にぽつりとそびえ立つランドマーク的存在であり、西部劇を彷彿させる名所として観光地にもなっている。そこで満月の日に、死者復活の儀式がインディアンによって秘密裏に行われている、というものだった。

　いくらジョンが、かつては磔《はりつけ》になったイエス・キリストの復活を信じる信仰深い人間だったとしても、ケイトの話は俄《にわか》には信じられるものではなかった。

「それって、霊媒師みたいに、死者の霊を呼び出すものかい？」と懐疑的だった。

「そうじゃなくて、死んだ本人が蘇るんだって」

「まさか。ゾンビじゃあるまいし、そんなことはあり得ない……」

　信じられないにしても、興味は湧いてきた。

「で、誰がやってるんだい？」

「確か、マイケルっていう人が、満月の翌朝に毎月やってるそうよ」

「マイケル？」

「なんでも、サウスダコダにあるインディアン保留地に住んでいるらしくて、わざわざチムニーロックまで来るそうよ」

「ずいぶん遠くからだな」

「でも、ここから行くよりは、全然近いよ。車だったら、数時間くらいかな」

「それもそうだな……」

「で、どうなの？　行ってみたい？」

「面白そうではあるけど……」

「そうそう、参加したいんだったら、合い言葉が必要だったんだ」

「合い言葉？」

「ちょっと、待ってて。確か……」

ケイトはそばに置いていたポーチを手に取り、中をまさぐりだした。そして、コインのようなものを取り出した。

「あった」

手のひらには、少しくすんだ銀色の二五セント硬貨（クオーター）がのっていた。

「行くなら、これをあげる。これが合い言葉代わりになるらしいよ」

「それって、ただのクオーターじゃないか」

それが証拠に、表には一般の同硬貨のように、初代米大統領のジョージ・ワシントンの横顔が刻印してあった。

「裏を見てごらんよ」

ジョンが手に取って裏を見ると、そこにはチムニーロックと牛に引かれる幌馬車、そして太陽が描いてあった。

「これって、五〇州二五セント硬貨プログラムで、発行された流通硬貨じゃないか」

銀行マンだったジョンは仕事がら、それが記念硬貨ではなく、流通用として発行されたコインだと知っていた。

「その人、それを見せれば儀式に参加できるって、言ってたよ」

「もらっていいのか？」

「あげるよ」

「君は信じないのかい？　誰か、会いたい人はいないのかい？」

「父親は子供の頃に家を出ていったし、ママは飲んだくれだけど、まだ生きてるからね」

視線を落としたその表情は、どこか寂しげだった。

「まあ、冗談には聞こえなかったけど、女の気を引くためのヨタ話かもしれないので、うそだったとしても、わたしを恨まないでね」

「ああ」

「じゃあ、そろそろ行くね。あのマスター、時間にもうるさいから」

「いろいろ話してくれてありがとう。元気でな」

「ええ、あんたもね」

ケイトはやって来たときとは真逆の柔らかな表情を浮かべ、部屋を出ていった。

ひとりになったジョンは、子供たちのことを思った。

『死者を蘇らせる?』あり得ない話だった。

でも、会いたい。ふたりに会って、もう一度愛してるって言いたい。叶わぬ夢だとわかっていても、何かにすがりたかった。

よくある霊媒師やシャーマン(呪術師)の類いかもしれない。薬草から作った苦汁でも飲んで、トランス状態になって幻覚を見るのかもしれない。そうであっても、子供たちと会えるのなら、それはそれでかまわない……。

ジョンは手にした硬貨を、暫くじっと見詰めていた。

4

雲がほとんどない夜空に、満月の光が眩しいほど際だっていた。お陰で青い影模様とはいえ、周りの景色がかなり遠くまで見通せていた。それまでの平原に代わり、あたりには手つかずの原野が広がっていた。右手に続く丘陵には樹林や岩場が、左手の木々の合間にはプラット川の煌めきが垣間見えていた。

ジョンはブリッジポートで橋を渡り、しばらく西へ走った。そして、目的地に着いたのは、深夜の一時を過ぎていた。

五〇ヤード（約五〇メートル弱）ほど先に、教会みたいな二階建てのビジターセンター（歴史資料館）が見えていた。その遠くに、先端が付き出た岩山が、月の光に照らし出されていた。それがチムニーロックだった。

観光客用の駐車場があるにはある。だが、ジョンは少し離れた道路脇の空き地に、車を停めた。ひとつには面倒を避けるためでもある。裁判沙汰になった身としては、何かトラブルにでもなれば、また世間の目に晒されることになる。そんな面倒は、二度とゴメンだった。

ジョンは一度車から降りると軽くストレッチをして、また運転席に戻った。そして、夜明けを待つことにした。


体の震えを感じて目覚めると、あたりにはまだ薄闇が広がっていた。それでも、東の地平線あたりは、夜明けを知らせるように少しだけ赤みがかっていた。

そこは標高一三五〇ヤード（約一二二八メートル）の浸食地帯。車から降りると、あたりには早朝の冷気が漂っており、ジャケットを羽織っていても肌寒いほどだった。

チムニーロックは、ずいぶん手前から有刺鉄線と木の杭で囲まれており、広大な原野の中ほどに鎮座していた。その麓に、何やら人影らしきものが動いていた。ジョンはビジターセンターを遠目に見ながら、冷気を払うように急ぎ足でそちらへ向かった。

囲いまで来ると、その手前に立て看板があった。それを見て、思わず立ち竦んでしまった。

「警告　ガラガラヘビ注意……」

世の中で、最も嫌いなものがヘビとお化けである。子供の頃に毒ヘビではなかったにしろ、足を咬まれて以来、トラウマになった。ヘビと聞いただけで体が震え、オモチャであっても目の前に投げられようものなら、それだけで気絶をしてしまう。

周りには荒れ地を覆うように雑草が広がっており、確かに毒蛇の絶好の住処だった。急に目眩を覚えた。ただの観光だったら、そのまま引き返しただろう。だが、期待のほうが強かった。

ジョンは自らを鼓舞するように深呼吸をひとつすると、歯を食いしばって囲いを潜り抜けた。途端に、あちこちに点在する枯草の塊が、ヘビのとぐろのように見えてくる。それらを必死に避けながら、観光客がつくった細い踏みわけ道へと進んでいった。

脂汗を額に浮かべながら暫く歩くと、えんとつ型の岩山が眼前に迫ってきた。それは確かに、ランドマーク然の圧倒的な存在感を示していた。

一帯は遮るもののない大地。四方から襲い来る風雨が荒いヤスリとなり、岩山は悠久の時の中で円錐形になっていった。雷に打たれ、平になった柱状の頂までは、高さが一〇〇ヤード（約九〇メートル）ほど。自然が造った、まさにえんとつに見える独特の造形は、隆起の少ない原野の中でひと際目立っていた。

その麓に、インディアン風の服装をした年輩の男がいた。下半身はジーンズに黒いブーツにしろ、紺のシルク地の上衣にはカラフルな羽根のデザインが幾つもあしらってある。首に巻いた赤いスカーフはネクタイ代わりなのか、丸くて白い飾でとめられていた。そして、きれいに巻かれた三つ編みのブロンド（金髪）が、両胸あたりまで垂れていた。肌は浅黒かったが、白人の顔立ちだった。

ジョンが近づくと、警戒する様子もなく気さくに声をかけてきた。

「やあ、調子はどうだい」

陽気な反応に、ジョンは戸惑った。相手は要は、色黒の白人がハロウィンにインディアンのコスプレをやっているようなものである。違和感を覚えたものの、悪人には見えなかったので手を差し出した。

「ああ、いいよ。わたしはジョンだ」

男はその手を力強く握りながら、「おれはマイケルっていうんだ。よろしくな」と明るく応えた。

「君がマイケルか」

ジョンは相手の青みがかった目をしっかりと見て握手を済ますと、早速、ジャケットの右ポケットから合い言葉代わりのコインを取り出した。愛想のよかった相手が、驚いた表情を見せた。

「どこで、それを？」

「ある女からもらったんだ」

そこで、子供が亡くなったことやコインをもらった経過を、掻い摘んで説明した。

すると、「大変だったな」とマイケルは同情を寄せてきた。

悪い男ではないと直感したジョンは、単刀直入に訊いた。

「それで、女が言ったように、死んだ人間が蘇るというのは本当なのか？」

「ああ、本当さ。そんなインディアンの儀式があるんだ。それをやるために、おれはここへ来てるんだ」

そこでマイケルは上空を見やった。薄闇は消え、青空がほんのりと現れ始めていた。

「陽がのぼるまで、もう少しあるな。そこへ座ろうか」

マイケルに促され、ジョンは近くの小高くなった岩場に並んで腰掛けた。そこからは、遠くの地平線までもが見渡せていた。その果てに、スクリーンでも下りるように夜の名残が消えようとしていた。

「おれが、その儀式を知ったのは……」とマイケルは彼方を見ながら、故郷での出来事を語り始めた。

チムニーロックから北へ約一三〇マイル（二一〇キロほど）、サウスダコダとの州境を越えたあたりに、パインリッジ・インディアン保留地があった。人口は二万九〇〇〇人ほど、スー族の末裔《まつえい》である。

そこで生まれたマイケルは、父親が白人の混血だった。それが却って、おのれのアイデンティティを考える切欠になった。生活は決して楽ではなかったが、地元の大学に入ってインディアンの歴史や伝統を学んだ。そして、白人との長い戦いで断ち切れてしまった儀式や伝承を探求した。その過程で、「ゴーストダンス」という死者を復活させる儀式を知ったのである。それには、白人を追い出して、インディアンを統合するという意味合いも含まれていた。

復活させたいのは、まずシッティング・ブルこと、大戦士のタタンカ・コタンカ。一八七六年、リトルビッグホーン（川）の戦いで、カスター中佐率いる第七騎兵隊（二六〇名あまり）を一〇〇名ほどで全滅させた勇者である。だが、その後、「ゴーストダンス」をパインリッジで扇動しようとして、それを禁止しようとする軍隊により殺害されてしまう。併せて、野営中だったスー族の男女子供二〇〇人以上も虐殺されてしまった。（ウンデッドニーの虐殺）

「何も子供たちまで殺すことはなかったんだ。だから、平和を取り戻すために、その儀式が必要だったんだ」

マイケルの表情が、いつしか怖いほど険しくなっていた。

話を聞いたジョンは、少しは知っていた彼らの悲史に、やはり同情を覚えた。

かつて、戦いの果てに、中には放置された開拓者やインディアンたちの骸《むくろ》の数々。そして、追い立てられ狩りにあったバッファローの夥しい骨の山。それらは風雨に晒され、長い年月の中で大地へと戻っていった。

数多くの屍《しかばね》と哀しみが埋まった原野には、重い寂寥《せきりょう》感が漂っていた。そんな感情を抱きながら、ジョンは失望感も覚えた。

やはり、降霊の類いのようだった。ところが、その旨《むね》を言ってみると、マイケルはきっぱりと否定した。

「降霊ではなく、あくまでも死者を復活させるためのものなんだ。保留地に行ってみればわかるが、飲んだくればかりだ。多くが自分を見失い、将来に希望を見出せないでいる。酒やドラッグの乱用から犯罪にそまる若者を、おれは子供の頃から嫌というほど見てきた。だから、昔の教えを掘り起こして、インディアンの誇りを取り戻したかったんだ。そのためには勇者タタンカを、まず復活させなければならないんだ」

「それが、ゴーストダンスというわけなんだな」

「ああ。なかには前向きな連中もいる。そんな仲間を募って、見よう見まねでやってみた。それは大勢で輪になって踊るものなんだが、ダンスや歌を四夜に渡って続けるんだ。だけど、うまくいかなかった。気分がハイになって幻覚を見ることはあっても、死者の復活までには至らなかった。だから、独自の方法を生みだしたんだ」

「独自の方法?」

「五年ほど前から、ここでひとりでやっている。そのコインは参加希望者のために以前、仲間に頼んで配ってもらったものだ。試行錯誤はあったが、今回こそうまくいきそうなんだ」

「今回こそ?」

ジョンは再びがっかりした。その口振りからして、やはり成功していないのは明らかだった。

「何せ、自然の中でやるから、いろいろ条件が揃わないとダメなんだ。でも、今日は天気も良さそうだし、風もないから、うまくいきそうだ」

確かに、風の音はしていなかった。そればかりか、鳥の鳴き声も聞こえてこなかった。ゴールデン・イーグル(イヌワシ)が舞うような大空のもと、広大な原野が大地を支配する自然の中では、静寂は何かが起こる前触れにも思える。その中で、数百万年にも渡って削り取られてきた大地が、あたかもその荒れ肌を癒すかのように、暫しの休息に浸っているようにも見えた。

「そろそろ、陽が昇る頃だ。始めるとするか」

すでに夜の面影は消え、地平線と空の狭間が淡く色づいていた。所々にピンクに染まった薄雲はあるにしても、インディアン・サマーを予感させる清々しい朝を迎えようとしていた。

5

マイケルは陽の出る方向と反対側、つまりチムニーロックの西側に行くと、少し離れた平らな地面で儀式の準備を始めた。まず、持参した大きめの麻袋から薪を取り出し、その上に重ねた。

「たき火を始めるのか？」

「これから、のろしを上げるんだ」

「のろし？　そんなものを上げて大丈夫なのか。センターの連中がうるさいだろう」

「連中なら心配ない。来るのは、もっとあとだ。それまでには済ませるから、あんたも手伝ってくれ」

マイケルは、むしろも持参していた。それは、ふたりが並んでゆったり座れるほどの大きさで、中央が人の肩幅ほど丸く切り抜かれていた。

「もうすぐ陽の出だ。火をつけたあと、合図をしたら、むしろの両端を持ってくれ」

マイケルは近くの枯れ草を集めて拳大に幾つか丸めると、薪の中に入れてライターで火を点けた。

やがて、煙が立ち上り始め、ほぼ真っ直ぐに上っていった。

「いい調子だ。上空も風がないようだ。じゃあ、おれがこっち側を持つから、そっち側を持ってくれ」

ジョンが対面の両端を持つと、マイケルはむしろを焚き火の上にかざすよう促した。

「穴の空いていないところに煙をため、合図をしたらむしろを大きく振って、煙を一気に穴から出すんだ」

「わかった。やってみよう」

マイケルは何やら聞き覚えのない呪文のようなものを呟くと、むしろを小刻みに動かし始めた。そしてほどなく、「よし、今だ！」と言って、むしろを大きく振った。真似てジョンも振ると、むしろの下部に溜まっていた煙が、丸く空いた部分から浮き輪ほどの大きな輪となって飛び出ていった。それはチムニーロックの粗い剥き出しの岩肌に沿ってゆらゆらと上っていき、先端手前で形が崩れてただの煙になった。まさしく、えんとつから煙が立ち上っているかのようである。だが、付近には何の変化もなかった。

「何も起こらないじゃないか」

「あせるな、ジョン。陽が出るまで何度もやって、もっと完璧なリングをつくるんだ。リングが、我々インディアンの和を表しているんだ」

ふたりが繰り返すと、再び煙の輪が上っていった。回を重ねる度にそれは形の整ったリングになり、より高くまで上っていった。そして、四度目のときだった。

ふたりが上っていく煙のリングを見守っていると、周りが急に華やぎ、サーチライト状の巨大な光の帯が上空を高速で延びていった。それは曙光だったのだが、それがちょうど岩柱の先端に達したリングを、タイミングよく射抜いていった。すると、忽ちリングが眩しく輝きだし、そこから青空の色を吸い込んだように、淡いブルー光がふたりの元に降りてきた。不思議な現象に、ジョンはただ呆気に取られるばかりだった。

「今だ！　願いを唱えるんだ！」

マイケルはリングに向け、先ほどの「復活の呪文」を大声で張り上げた。ジョンも必死に願いを唱えた、「子供たちに会いたい」と。ところが、突然、足元に嫌な違和感を覚えた。

視線を落として足元を見ると、右足のくるぶしに岩肌をした大きなヘビが巻き付いていた。悲鳴を上げる間もなく、ジョンの意識は一瞬で飛んでいた。

6

ジョンは何かに取り付かれているように、車を飛ばしていた。気絶した気恥ずかしさも、ヘビの恐怖もどこかに消え去っていた。

目を覚ましたとき、眼前にマイケルの真顔があった。悲鳴を上げなかったのが幸いしたらしい。明らかにガラガラヘビだったというそれは、足の上を這いながら咬むこともなく離れて行ったとのことだった。

意識を失っていた間、ジョンはマイケルではない、誰かの声を聞いていた。それは、異常なことを言っていた。

死者の骨を用意するように。そうすれば、その相手に会えるだろう――と。

そんな狂気じみた申し出をするのは悪魔なのか、それとも希望を叶える天使なのか。ただ、意識が戻ったとき、マイケルも同じようなことを言っていた。明かりに目が眩んだとき、そんな声を聞いたと。その表情は強張り、何かに取り付かれているかのようだった。

「死者の復活には、当人の骨が必要だったんだ。これで、やっとわかったぞ。今度はきっとうまくいく。早速、タタンカの墓地へ行ってくる」

マイケルはそれだけ言うと燃えかけの薪を蹴散らし、足早に帰っていった。

すぐさま帰路に着いたジョンも同様だった。周りの景色や制限速度の標識など目に入らなかった。ハンドルを握りしめたまま前方をじっと見詰め、ひたすら目的地に向かって車を走らせていた。

まことしやかに語られる都市伝説。そんな類のうわさ話が、ベルビューにもあった。それは古い墓地にまつわる話で、地元の人間なら一度は耳にしたことがあるものだ。

かつて、この地には、後にＢＩＧ　ＥＬＫ（ビッグ　エルク）と呼ばれたオマハ族の誉れある族長がいた。かれの死後、その墓は土地開発（ベルビュー大学の建設）を理由に、東へ半マイル（約８００メートル）ほど行ったところにある墓地へ、移転されることになった。それがベルビュー霊園（共同墓地）である。

その見晴らしのいい場所に、その記念碑と肖像画が描かれた石製のベンチがある。深夜そこを訪れると、族長の幽霊がそのベンチに座って、昔いた場所を偲んでいるという。加えて、旅の途中にこの町で亡くなった移民家族の子供の霊も、夜な夜な彷徨《さまよ》っているらしい……。


ベルビュー市の東部、アイオワとの州境に流れるミズーリ川の蛇行沿いに、深い森に覆われた丘陵地が広がっている。その南側に森を借景として、その霊園はあった。

木立をぬうように舗装道を上っていくと、周囲に不揃いな四角い平板の墓石が、幾つも並んでいるところがある。それをさらに進むと、芝生に覆われた広場にでる。整然ではないにしても比較的新しい墓石が点在しており、周りには森とを隔てる腰の高さほどのフェンスが延びている。その近くに、ふたつの墓石が並んであった。ちょうど、その日は木々の梢から淡い月影が落ち、御影《みかげ》（石）の艶が煌めいていた。

灰色の石板にはマイクの名前が、茶色のほうにはベティの名前が彫ってあった。ほかにも、生年月日や命日、年齢などが併記してあった。

その周りを肌寒さを覚える深夜に、ひとりの男がシャベルで一心不乱に掘っていた。ジョンである。チムニーロックからベルビューへ直帰したあと、ホームセンターに寄って道具を揃えた。それから深夜を待ち、人気のない霊園に向かった。

子供たちの墓所は、葬儀には拘束されていたので参列できなかったものの、後に何度か訪れていたこともあり、夜でも迷わなかった。幸いにも、子供サイズの小さめの墓だったので、一時間あまりで両方とも掘り起こすことができた。さらに、土を取り除いたあとは、バールだけでカバー用の石板をずらすこともできた。現れた棺《ひつぎ》は、まだ新しさを保っていた。

ジョンは一旦、タオルで顔周りの汗と手の汚れを拭いた。そして、棺の蓋に手を伸ばそうとしたときだった。ふと、何かの視線を感じた。

上体を起こしてあたりをうかがうと、フェンス奥の木立の中に、ふたつの赤い光が浮かんでいた。それは森に棲むシカの目だった。微動だにしないそれは墓守のごとく、これからの常軌を逸した行為を見守っているかのようだった。

ジョンはブルッと体の震えを覚えると、何か憑き物でも落ちたような感じがした。急に、周りの闇が怖くなった。悪霊やらガイコツやらが墓場のそこかしこから現れ、肉体ばかりか魂まで食い尽くされてしまう、そんな恐ろしい思いに駆られてパニックに陥りそうになった。

慌てて視線を棺に戻すと、胸の前で十字を切り、両手を組んだ。そして頭を垂れ、神に赦しを請うた。

『これからの背徳とも思える行為を赦したまえ』と。

そんな振る舞いは、子供を亡くして信仰を捨てた日以来のことだった。

「……ということなんだ。結局、家族、仕事、全てを失ってしまった。銃のせいで、オレの人生はむちゃくちゃになってしまったよ。まったく、ひどい話だ」

胸奥にある苦しみは、喋っても喋っても突き上げてくるのだろう。ジョンは質問にも引き続き応えてくれた。

「ところで、気を失っているときに、声を聞いたと言ってたけど、どんな内容だったの？」

「確かに聞いたんだ。死んだ子供に会いたかったら、その骨を用意するように。そうすれば、三〇年後に会えるって。だから、墓地まで子供たちの骨を取りにいったんだ」

彼も声を聞いていた。それは松嶋菜穂が聞いたものと同じであろうことは推測できた。その旨を言ってみた。

「天使のリング？　いや、そんなものは知らないけど。でも、あのときに上げた煙の輪は光り輝いていたし、声も聞いたから、今になって思えば、あれがその天使のリングとやらだったのかもしれないな」

そのとき私は、骨付きではないにしてもサンドイッチのチキンのせいか、アメリカの葬儀シーンを思い出した。

「確か、あなたの国って土葬じゃなかったかしら？」

「そうさ。だから、夜中にふたりの墓を掘り起こして、棺から子供たちの骨を取ったんだ。想像できるかい？　防腐処理のせいで、ふたりはまだ原形をとどめていたんだ。まだ眠っているような我が子の、その腕をもぎ取らなければならなかったんだ。あの、ひねったときの、ゴキッという音が今でも耳から離れない……」

彼が腕と言ったとき、思わず『腕を？』と口から出そうになった。だって、松嶋菜穂の話によれば少量の骨、つまり小指でも良かっただろう。しかし、彼の辛そうな表情を見ていると、それは心に留めることにした。これ以上、後悔させて苦しめることはない。それでレポーター失格と言うのなら、それはそれでかまわない。今そばにいる人を、いたわることのほうが大切なのだから。でも、その意に反して彼は続けた。心の痛みを全て振り絞るように。

「それから言われたように、一週間後に森へ行き、枯れ葉と一緒に燃やしたんだ。あとはもう、涙が止まらなかった……」

その後、恐らくは空から青い光線が差し、兄妹の焼骨粉を吸い上げていったのだろう。彼には、それは涙で見えなかったのかもしれない。もう、質問は止すことにする。ただ、彼の顔が苦しそうに歪んだことを特記しておく。

「しかし……、いかにやり直すためとはいえ、骨をもぎ取るなんて死者を冒涜したような気がしてな。子供たちと会えるにしても、まともに顔を合わせられるような気がしなかったんだ……」

他人の苦しみであっても、自分のことのようにズシリと胸にのし掛かる。多くの乗客が抱える辛い過去を想像するだけで、気分が再び、ねっとりとした苦しみの海へと沈み込んでしまいそうだった。

「でも、やり直せる可能性が少しでもあるのなら、やっぱり行ってみるべきでしょう。お子さんたちも、パパに会えるのを楽しみにしてるはずよ」

そんな在り来たりの言葉しか出なかった。それでも、素直な気持ちは彼の胸に届いたようだった。

「そうだな。待っててくれてるよな。いずれこの船が戻る機会があったら、そのときは必ず寄ってみるよ」

　明るさの差した表情は、どこか嬉しそうだった。

「ところで、その後はどうしてたの？　三〇年は長かったでしょう」

「悪いことはできないもんだ。墓地には監視カメラがあったんだ。お陰で墓荒しの罪で捕まり、務所に七年ほど入っていた。出所してからはホームレス状態さ」

「そう、あなたも苦労したのね」

　自ずと、彼の手に自分の手を添えていた。彼は薄く笑みを見せ、私にも同じように返した。もう、言葉はいらなかった。穏やかで静かな時が過ぎていった。

　ほどなくして彼が下の階へ戻っていくと、私も自分の席へ戻ることにした。

終章　帰郷

下のフロアに戻ったものの、自分のいた場所がわからなくなっていた。歩けば歩くほど行き先が遠ざかっていく、そんな不思議な感覚を覚えた。そこで、一度立ち止まって周りを見渡してみた。すると、そう遠くはない壁際のライトシートに、ピンクのセーターを着た小学一年生くらいの女の子が座っていた。小さなクマのぬいぐるみをお腹あたりに抱いており、伏し目がちで元気のない様子である。なぜ、ここに子供が？　不思議に思って近寄ってみると、誰かに殴られたのか、右目あたりが紫色に腫れ上がっている。その小さな体は雨に濡れた子犬のように小さく震えており、心配になって声をかけてみた。

「こんにちは。おじゃましてもいい？」

返事がなかったので、少しダイレクトに訊いてみた。

「どこか具合でも悪いの？　だったら、お医者さんを呼ぼうか」

すると、子供がよくするように、その子が両手の甲を目頭に当てて急に泣き出した。手の甲の所々に、タバコでも押しつけたかのような赤みを帯びた丸い傷痕がある。

「一体、どうしたの？」

『まさか、ＤＶ？』

　事情を訊くと、やはりそうだった。彼女の名前は山本羽月《はづき》、年齢は六歳だった。泣きながらだったので聞き取りづらかったが、要は母親の再婚相手から虐待を受けている模様。母親も暴力を受けており、それが一年あまり続いているとのことだった。それは酷い話ではあるけれど、だとしても、どうして彼女はこの船に来ることができたのだろうか。暫くすると涙も落ち着いてきたので、そのことを訊いてみた。

「どうやって、ここに来れたの？」

「クーちゃんに、おねがいしてたの。いっしょに、ゆめのくにへ行こうって」

「クーちゃん？」

「この、クマのぬいぐるみ。あたしのお友だちなの」

　片手で持てるほどのそれは、茶色い毛並が擦れてみすぼらしいものだった。それでも、彼女にとっては唯一の寄りどころなのだろう。憐憫《れんびん》の情に胸が痛くなり、「そう……」としか言えなかった。どうやら、そんな少女の願いも受け入れられたらしい。だけど、親元を離れてどこへ行くというのだろうか。彼女が望んだ（ゆめのくに）には、愛情に満ちた里親でも待っているのだろうか。だが、彼女は意外なことを言った。

「もう、おうちにかえりたい」

「でも、また叩かれるかもしれないのに？」

「だって、ママが心ぱいだもん」

守りたくても守れない非力さは、子供なりに自分でもわかっているはずなのに。それでも立ち向かおうとする健気さに、胸が熱くなった。

「そうね、帰れるといいね。でも、帰れたら……」

ちゃんと警察に、と口にする前に、彼女の体から色がなくなり始めていた。つまり、ピンクのセーターも顔も頭も、全身から色が抜けて透明になろうとしていた。願いが届いたのか、どうやら、どこかへ転移するのだろう。

「ちゃんと、おまわりさんに言うのよ」

言い終えたときには彼女の体はほとんど消えていたけど、最後に消えた瞳の煌めきが胸に突き刺さった。涙に潤んだ瞳、それが残した光跡は、自分では抗《あらが》いようのない哀しみなのか、それとも明日への希望なのか。もちろん、後者だと思いたい。私には、彼女が無事に帰り着くことを祈るしかなかった。


再び、自分の居場所を探し始めたときだった。今度は頭から黒い衣装をまとった女子高生ほどの黒人グループが目に入った。ざっと見渡した限りでは数十人ほどで、一応に覇気がなく、どんよりとした暗い雰囲気が漂っている。あの子らも、羽月と同じく自分の願いによって転移されてきたのだろうか。だとしたら、どんな事情があるのだろう。その旨を知りたくなり、近くのひとりに訊いてみることにする。

＝翻訳モード・オン＝

「少しお喋りをしてもいい？」

「ええ……」

その子も思い詰めた様子で下を向いていた。ちょうど、手前のシートが空いていたので、彼女に向き合えるように側部へ腰かけた。最初は口が重かったにしろ、誰かに話を聞いてほしかったのだろう。徐々に打ち解けていった。

彼女の名前はアメリヤ、全員がナイジェリアの出身だった。なんでも、彼女たちが通う女子校にテログループがやって来て、授業中にもかかわらず、二〇〇人ほどが誘拐されたとのこと。途中で逃げだした子らは捕まえられ、見せしめとして生き埋めにされた。その中には彼女の友だちも何人かいた。よほど辛い経験だったらしく、涙声とともに彼女の顔が引きつっていた。

「よかったら、ほかの子らがどうなったか教えてくれない？」

「容姿のいい子は、男たちにレイプされた。そのまま結婚を望まない子や服従しない子は、奴隷として売られていった。そして、残った私たちは……」

彼女が黒地の服の上から腹回りを押さえると、何か装置みたいな凹凸が浮かび上がった。

「それって……！」

花見客を襲った自爆テロの光景が蘇った。

「お腹に小型爆弾が巻きつけられているの。ほかの子らもそうよ」

「外し方は知らないの？」

「あいつらが言ってたけど、へたに動かすとショックで爆発するって」

だとすれば、爆発させなければ彼女たちは一生、それを付けていなければならないのか。それとも、新天地では無事に外せる技術があるのだろうか。

それはそうと、誰かがパニックになって暴れだせば、それだけで作動してしまうかもしれない。そして、ひとりでも爆発すれば次々と連鎖していき、この船がいかに大きいとはいえ、跡形もなく吹っ飛んでしまうだろう。腰から力が抜け、そのままシートに倒れ込んでしまった。

「やっぱり、家に帰りたい。帰って家族に会いたい。みんなだってそうよ。故郷へ帰りたいのよ」

それは本心なのだろう。では、帰郷を強く望めば、羽月と同じように体が透明化していくのだろうか。だが、暫く待っても、そんな気配はなかった。

「お願いがあるの」

「お願い？　何なの」

「一緒に、鏡の間に行ってほしいの」

「鏡の間？」

「この船の後ろのほうにあるんだけど、そこに行けば地球へ戻れるらしいの。でも、願いが叶うのは、大人だけだって。子供の場合は、大人が付き添ってやらないとダメなの。だから、お願い。私たちの力になって」

そう言われても、初めてのことに戸惑った。第一、私の黄泉行きはどうなるというの？

それに、彼女たちにとっては、単なる逆戻りになってしまうかもしれない。

「また、元に戻ってしまうかもしれないのよ。そのままなら、自爆犯にされるかもしれないでしょう」

「心配しないで。戻れたら、みんなで何とかするから」

「何とかするって……」

「さあ、早く。もう、がまんの限界なの。不安が爆発しそうなのよ」

不安だろうが爆弾だろうが、どちらにしても爆発する前に希望を聞いてやるほうがいい。

少女たちを返すために、一刻の猶予もなかった。へたをすれば、ほかの乗員も含めた全員が、宇宙の藻屑《もくず》になってしまうのだから。

私は立ち上がって声を上げた。

「さあ、みんな、私についてくるのよ。いっしょに地球へ帰りましょう」と彼女らに向かって両手で立つように促し、後方へと向かった。途中で振り向いたら、数十人の少女たちがついてきていた。

『こんなに多かったら、全員が出口に入れるのかしら』

そんな心配をしながら先を急いでいると、いつしか、広いドーム状のところにやって来ていた。野球はできないにしても、テニスくらいならできそうな空間である。ただ、鏡らしいものはどこにもなく、それまでの壁面と同じつながりだった。そこで、右手で軽く触れてみると、やはり、壁らしい冷たく硬質な感触がした。

「で、どうすればいいの？」

「願いながら、触ってみて」

「願いながら？」

アメリヤの言う通り、『地球に帰りたい』と願いながら、右の手のひらで撫でるように触ってみた。すると、その周りから水紋でも起きるように表面が細かく波打っていき、中心あたりが透けだして、外の様子――宇宙の断片が見え始めた。さらに続けていくと、それは人が入れるほどの大きさに広がっていき、表面を触れていた右手が、ついには何の抵抗もなく中へと滑り込んだ。慌てて引き戻したが、右手にこれといった異常はなかった。

そうだ、願えば帰れるっていうのは本当だったんだ。私はその旨を周りに告げた。少女たちは言われた通りにやり、次々と異次元にでも入り込むかのように壁の中へと姿を消していった。

最後の一人を見届けたあとで、黄泉行きに未練がある私は、やはり戻ることを躊躇った。だが、戻っていった少女たちの行く末が、無性に気になり始めた。彼女らの置かれた苛酷な現実を見過ごすわけにはいかない。メディアに携わっていた者としての、自覚が蘇ってきた。私の力が微力だとしても、暗闇を照らすひとつの星になれればいい。そのための生なのだ。そして、それを活かすところは……。

急激に、望郷の念が湧き起こってきた。それに父親ともいずれ、あの世で会える。

結局、私も願いながら、壁の中へと入っていった。ほどなく、触れたときの冷たさはなくなり、最初に天使のリングに入ったときのような暖かみを感じた。


「はるか、はるか」

近くで、私の名を呼ぶ声がしていた。目を覚ますと、ぼんやりした視界の中で、白い天井のようなものが見えていた。宇宙船にしては、それほど広い感じはしなかった。声のほうに視線を向けると、そばでずいぶんと老け込んでしまった母親が、心配そうに私を覗き込んでいた。

「お母さん……」

「やっと、目を覚ましてくれたね。よかった……」

「ということは、ちゃんと戻れたのね……」

涙を浮かべている母親を見ながら、事故後、自分は病院へと搬送されたのだろう、そして、一命を取り留めたのだということに思いが至った。

それにしても、母はどうして急に老いてしまったのだろうか。私のことが心配だったとしても、なぜ？　そんな疑問が脳裏を占めてしまった。そこで、どれほど意識がなかったのか訊ねてみた。

「ところで、私は何日ほど眠っていたの？」

母親の表情がくもり、うつむき加減になった。それから少し間を置いて、答えにくそうに言った。

「驚かないでね。あなたが、ここに運ばれてきて、もう一〇年になるんだよ」

「一〇年？」

さすがに愕然となった。宇宙での体験は貴重だったものの、地球で過ぎ去った時間を思えば大きな喪失感に襲われた。一〇年も齢を取ってしまった自分。鏡を見るのも怖く、あまりのショックから、すぐには起き上がれそうもなかった。

思考は鈍くなり、また以前の暗い感情に包まれそうになっていたときだった。病院内アナウンスが、午後の音楽配信を告げた。どうやら、ＦＭ放送の番組らしく、何曲か知らない歌が続いて、新人紹介コーナーになった。

女性パーソナリティが、「高校生のシンガー・ソングライターが、この度プロデビューを果たし、云々」という説明を、私はぼんやりと聞いていた。だが、その聞き覚えのある名を耳にしたとき、ドキッとなった。

「……ではハヅキさんで、(ごめんね)と(永遠の愛)、二曲続けてどうぞ」

ほどなく、スローバラード調の曲が流れてきた。

ごめんね　あなたを傷つけて　ごめんね　あなたを守れなくて
そう言って　ママは天国へ行った　でも　でも　本当は
ごめんね　そばにいなくて　ごめんね　幸せにできなくて
そう言って　ママは天国へ行った　でも　でも　本当は
ごめんね　わたしが守れなくて　ごめんね　辛い思いをさせて
だから　決めたの強くなるって　だから　誓ったの負けないって

永遠の愛　あなたから私へ　そのぬくもりを抱いて生きてゆく
永遠の愛　私からあなたへ　いつも空を見上げて想っている

あなたの勇気を忘れない　あなたの思いを忘れない
永遠の愛　私からみんなに　だからともに未来へ歩んでいこう
永遠の愛　誰もが誰かに　優しさを渡していこう
あなたの笑顔を忘れない　あなたの愛を忘れない

もの悲しげだが、どこか芯の強さを感じさせる歌を聴きながら、私は確信した。年齢からしても彼女は、あの羽月ちゃんだと。あれから、無事に母親の元に帰れたのだ。そして歌詞から推測すれば、母親が命がけで彼女を守ったにちがいない。そんな母親への思いや感謝を胸に抱きながら、彼女は歌ってきたのだろう。

母親からもらった愛情を、今度は周囲の人々に向けながら生きている。そんな健気さに、そして、何よりも無事でいてくれたことに涙が溢れでた。

一時間ほどの音楽配信も終わり、嬉しい気分に浸っていると、今度は担当の女性看護師が、元気そうな研修生を連れてきた。年齢は二〇代半ば、どこか見覚えのある黒人の可愛い女性だった。彼女が笑顔を浮かべて、聞き取りやすい日本語で言った。

「わたしはアメリヤです。よろしくお願いします」

名前を聞いて、顔と記憶が一致した。彼女は生きていた。そして、医学の道に進み、日本までやって来たのだ。この一〇年間、彼女の努力は大変なものだっただろう。その後のことや友だちのことなど、訊きたいことはたくさんある。私のことも、話せば思い出してくれるだろう。

でもその前に、生き延びてくれた彼女を抱き締めることにした。

（了）

ロスト・パピィズ

ぼんやりと、白い世界が広がっていた。体が、凍り付いたように動かなかった。ここは、南極なのか。まだ、旅の途中にいるのだろうか。

くぐもって聞こえているのは、ペンギンたちの鳴き声なのか。それとも、割れるような声は、アザラシの群れからなのだろうか。いや、どうやら、犬の群れのようだ。微かに、氷を削るような音も聞こえる。ということは、犬ゾリなのか？　私は犬ゾリに横たわって、どこかへ運ばれているのだろうか。いや、そんなはずはない。南極からは、ずいぶん前に帰ってきた。確か、ハイキングに出かけ、山道を歩いていたはずだ。

おや？　今度は、バリバリと氷を砕くような音がしている。砕氷船が、氷海を突き進んでいるみたいだ。では、やはり、ここは南極なのか。だが……、頭上にあるのは、どうやら空ではなさそうだ。明かりを発するあれは、太陽ではなく細長い蛍光灯のようだし、では、ここは室内なのか……。

突然、人影が視界に入った。男のようだ。その手に何やら持っている。ゆらゆら揺れて、それが何かはわからないが、氷を砕くような不快な音は、そこから出ていた。それが耳をつんざきながら、右肩に近づいてきた。と、同時に、右腕が揺れているのがわかった。風が皮膚を撫でているのか、くすぐったい感じもする。ほどなくして、それは左肩に向かった。今度は左腕が揺れている。

　意識は相変わらずはっきりとはせず、男が何をしているのか検討もつかなかった。その姿が一旦消えると、今度は左太ももの付け根あたりが揺れた。そして、ほどなくして右太ももの付け根あたりが。さすがに違和感を覚えた。段々、体が軽くなっていく不思議な感覚である。

　しばらくして、再び男が視界に入ってきた。そして、手にしたものが首に近づいてきた。やっと、それが何かわかった。それは何とチェーンソーだった。恐怖が一気に突き上げてきた。

　男は私の両手・両足を、チェーンソーで切断していたのだ。でも、なぜ？　なぜ、こんなひどいことをするんだ？　そうだ、山道を歩いているとき、突然、頭に強い衝撃を覚えたんだ。そして——

　山口信一の意識があったのは、そこまでだった。喉仏あたりに強い振動を覚えるとともに、忽ち明かりや意識の全てが断ち切れてしまった。

1

「ゴミ出しは、明日だったかな？」

山口健二はリビングのソファに座ったまま、通路先の玄関ドア付近を憂鬱そうに眺めた。そこには、ゴミの詰まったコンビニのレジ袋が散乱していた。

マンションの燃えるゴミの日は、週二回。もう一カ月は出していなかった。

山口には、もうひとつ憂鬱なことがあった。ソファの前にある楕円のガラステーブルには、離婚届が置いたままになっている。薄っぺらい緑の紙には、出ていった妻の署名と押印だけがあった。

「もう、あなたのおもりは嫌なの。あとは自分でやってちょうだい」

専業主婦だった妻の最後の捨てぜりふである。家事の愚痴を度々聞かされ、会社を退職したあとは、たまには手伝おうと思ったこともあった。が、結局は妻に任せっきりになっていた。こんなときに手伝ってくれる娘でもいればいいのだが、夫婦間に子供はなく、独り身になった今、何でも自分でやるというのは、さすがに億劫だった。

掃除、洗濯、食事の準備、そして、あと片付け。風呂掃除もあればゴミ出しもある。もうすぐ五月というのに、まだ冬物を片づけてもいない。やることが多すぎて、段取りを考えるだけで脳のエネルギーを大量消費してしまい、うまく思考回路が働かなかった。

「まずは、レジ袋を燃えるゴミ用の袋にまとめて……。その前に、ゴミ袋はどこだったかな？」

探そうとしたところで空腹感を覚えたので、食事に出かけることにした。馴染みの店まではバスで三駅。最近は厚みを増した腹周りをへこますため、昼食だけ毎日三〇分をかけて、わざわざ徒歩で通っていた。

山口はひとりになり、日々の生活は大変にはなったものの、ひとりが故に新たな発見もあった。それは自分が、ひょっとしたら特殊能力の持ち主かもしれないということである。

その最初の気づきは、テレビをつけたままノート型パソコンを操作しているときだった。

夏用の靴でも購入しようと、アマゾンのショッピングサイトにアクセスをした。すると、その画面が現れると同時に、テレビからは「アマゾンの森林消失が止まらない――」というニュースが流れてきた。

『アマゾン中に、アマゾン？』と駄じゃれみたいな偶然に、ついニヤついてしまった。だが、数日経って同様のことが起こると、今度は「おやっ？」と思った。

その日、朝食にクレープでも作ろうと、冷蔵庫を開けて小麦粉の袋を掴んだときだった。テレビから流れてきたのは、「小麦胚芽《はいが》のクラッカー～」というＣＭ。そのときは思わず、テレビ画面を見やった。そして、閃いた。

ひょっとしたら、自分には何か特殊な能力があるのでは。近未来の出来事が、無意識に予知できているのかもしれない——と。

それが確信に変わったのは、パソコンでメールを送ろうとしているときだった。知人からの誘いに都合がつかなくて、「すみませんが～」とタイプをしていると、テレビのニュース・キャスターが、「すみません～」と同じようなことを言っていた。それも同時だった。

そこで山口は、そんな偶然の出来事をメモに残すことにした。それを三カ月ほど続けてみると、それは週に一回ほどの割合で起こっていることがわかった。さらに、テレビや新聞、パソコン、それにラジオを聴いたり、電子辞書を使っているときでも起こっていた。

時間帯に共通性はないにしろ、三カ月ほどで一〇回あまりも起こると、それは単なる偶然ではなく、必然だと思えた。それまで平凡だった人生に、何やら超能力みたいな力が加わり、とんでもないことが起こりそうである。

そんな予感に興奮して笑みが溢れたのも束の間、だからといって、ただそれだけなのである。自分が目にしたものが同時にテレビから聞こえてきたとしても、別にそれが何かの役に立つということもなかった。そこで、時間差で何か起こらないかを考えてみた。例えば交通事故。地名、事故、日付などの文字を目にした場合、事前にその発生を予測して食い止めることができるかもしれない。けれど、その発想は、あまりにも稚拙《ちせつ》だった。交通事故など日常茶飯事に起こっているし、事前の項目が例え時間差で合ったとしても、単なることじつけにしかすぎないのである。

結局、超能力でも何でもない、無駄な能力だと結論づけるしかなかった。いや、意識をしても念じても起こらないので、能力と呼んでいいものかさえ疑わしくなった。

だから、最近は気にかけないようにはしていたのだが、困ったことに発生頻度が増えてきた。今では多いときには一日に数回もあり、かえって面倒になっていた。


食事から戻った山口は、これも日課なのだが、ソファに座って高級ステレオセットと向かい合っていた。アンプの両脇に置いた高さ一メートルはある黒いボックス型のスピーカーは、一個が一〇〇万円。よって、ほかの機器を含めると軽く三〇〇万円はする代物で、退職後に自分へのご褒美として購入したものである。ただ、妻へ事前相談をしなかったので大いにもめ、離婚の切っかけになってしまった。

君のためにきれいな音を聴かせたかったんだ――みたいな、そんな気の利いたことは言えなかったし、言ったこともなかった。それに、聴いているのはクラッシックでもジャズでもない、そもそも音楽ではない英語基本文集である。それにも呆れられてしまった。確かに、高級スピーカーとはいえ、CDに入った女性ネイティブの音質が、それで格段良くなるものでもないし、また、よりよく理解できるようになるというものでもなかった。

『退職後ぐらいは、自分の好きなことをさせてくれよ』と、妻に面と向かっては言えなかった。

そんなことを思い出しながら、その日も英語のＣＤを聴いていた。

ちょうど、片面一五分を聴き終わったときだった。テーブルに置いた携帯が鳴った。人付き合いの少ない山口には、ほとんど電話が掛かってくることはない。それでも、万が一のために充電だけは欠かさないようにしており、最近では昨日したばかりだった。

『誰からだろう？』と訝しみながら、携帯を手に取った。

「あのう、山口さんでしょうか？」

年輩の男性の声だった。

「はい、そうですが」

「山口健二さんですよね？」

「ええ、そうですが。どちら様でしょうか？」

「わたくし、上川町の隣組・組長の橋本です。実は、お兄さんの信一さんの件で連絡をさせてもらったのですが」

上川町といえば実家のあるところであり、そういえば近所に、そんな人が住んでいたのを思い出した。実家で、ひとり暮らしの兄とは、ここ数年あまり会ってはいない。電話で話したのは一年ほど前であり、ご近所からの急な連絡に胸騒ぎがした。

「兄に何かあったのでしょうか？」

「いえ、この数日、自宅を留守にされているようなんですよ。郵便受けには新聞がたまっているし、いつも玄関脇に置いてある自転車も見当たらないんです。夜も灯りがついている様子はないし、旅行にでも行かれたのかと思いまして。お兄さんから最近、何か連絡があったでしょうか？」

「特にはないのですが。しばらく連絡を取っていなかったので、何とも……」

「そうですか。組合員さん名簿の緊急連絡先に、弟さんの携帯番号が書いてありましたので、おせっかいかと思いましたが、連絡させてもらいました」

「それはどうも、お手数かけてすみません」

「それでは何かわかりましたら、連絡してもらってもよろしいでしょうか？」

「ええ、もちろんです」

「では、あとはよろしくお願いしておきます」

それで話は終わった。

あとはよろしく……。話の口調には、どことなく重い余韻を含んでいた。

突然、何か負担を押しつけられたような気がして、山口はさらに憂鬱になった。

『旅行ならいいのだけど……』

兄の信一は旅行、それも海外旅行に出かけることが度々あった。事前連絡はなく、のちに聞いただけでも、フィンランド、オーストラリア、そして南極までも。

今回もまた、どこかへ行ったのだろう——

そう思いつつ、それから実家へ度々電話をかけてみたが、数日経っても連絡は取れなかった。疎遠になっているとはいえ、両親を亡くした今、まだ独身で二歳上の兄は、唯一の肉親である。一週間も過ぎると血のつながり、血筋が騒ぎ出すのか、無性に心配になってきた。

実家の合い鍵はある。山口は、念のために実家へ帰ることにした。その際、帰宅の目処が立たないので、新聞代理店へ配達の一時休止を依頼し、また、マンションの管理人だけには事情を話しておいた。

2

実家のあるT市には新幹線の停車駅があるにしても、あとの乗り継ぎを考えると、ＪＲの快速を利用したほうが都合よかった。南へ一時間、そのあとはバスに乗って一〇分ほど。山口が実家に着いたのは昼過ぎだった。

季節は五月の初頭。雑多な庭木の新緑が、眩しい春の陽差しを受けて艶やかに輝いていた。門扉の脇にある郵便受けには新聞やら郵便物が溢れており、それらを集めてから玄関へ向かった。

築五〇年あまりの木造平屋の家はずいぶん古くなったとはいえ、久し振りの帰郷に懐かしさが込み上げてきた。

ガラス戸の玄関の鍵を開けて中に入ると、一週間以上も閉め切られていた室内には、和室の畳から立ち上ったのか、仄かに淡い匂いが漂っていた。空気の入れ替えのために、客間のガラス戸や窓を開けたあと、台所のダイニング・テーブルに落ち着いた。

厚いクッションの回転イスに座ってあたりを見渡してみると、外出する前日にでも食器類は洗ったらしく、シンク周りはきれいに片付けられてあった。台所と続きの六畳和室には、右奥の壁際に大型テレビが、左手の襖の前には折りたたみベッドが立ててある。

その後ろの障子戸横に置かれた整理ダンスの引出しも、開けっ放しにはなっていないし、テレビの手前にある机には、ノートパソコンやプリンターなどが整然と置いてある。

ざっと見たかぎりでは、空き巣や押し込み強盗に荒らされたような印象はなかった。そこで、三通あった郵便物を確認してみた。何か借金の請求書でもあれば、返済を滞ったせいで、悪徳金融業者にでも連れ去られたということも考えられる。しかし、あったのは、家電量販店からの案内状や電話料金の明細書の類いだけだった。

「さて、どうしたものか……」

山口は腰を上げ、和室に入って襖《ふすま》を開けてみた。押入の上段には雑多のものが、下には大小の旅行カバンが置いてあった。

「旅行じゃないか……」

そうは思ったものの、カバンが、それで全部という保証はなかった。

憶測に行き詰まった山口は、連絡をしてくれた近所の橋本を訪ねることにした。だが、会って話しをしてみても、特に目新しい情報はなかった。その帰りだった。

近所の畑で家庭菜園に励む、やはり顔見知りの老人を見かけたので、挨拶をして尋ねてみた。すると、貴重な情報をくれた。

「先月は自転車で、どこかへ出かける姿を見かけたなあ。服装からして、山登りでも行ってるみたいだったけど」

そう言えば兄が以前、「健康のために、ときどき山登りをする」と話していたのを思い出した。四月は絶好のハイキング・シーズンでもあり、十分にありえることだった。

礼を言って実家に戻ると、早速、靴棚を開いてみた。確かに、トレッキング・シューズなどなかった。念のために、再び六畳和室の押入を確認してみると、思った通り、バックパックの類いもなかった。これで、兄が山登りに出かけたことは確信できた。でも、どこへ？

山といっても里山だけでなく、県内・県外にも多数あり、一カ所に絞ることは不可能である。

『行き先ぐらい、メモにでも残しておけばいいのに……』

やはり、警察へ捜索願いを出そうかと思った矢先だった。家庭用のプッシュフォンに、警察から電話がかかってきた。それによると、

青池山の麓に放置自転車があると、付近の住民から連絡があった。自転車に購入店のシールが貼ってあり、その店に問い合わせをしたところ、購入者による盗難と事故保険の登録があり、連絡先がわかった――とのことだった。

里山である青池山は地元で一番高いといっても、標高は三八〇メートルほどである。ハイキングや子供の遠足先としても人気があるところで、豊かな緑に覆われているとはいえ、山容はなだらかで決して迷うような険しい山ではない。冬でさえ遭難者など聞いたこともなく、この陽気のいい季節に登ったことやキャンプ地がないのを鑑みれば、一〇日以上も戻らないのは尚さら不自然だった。

山口は事情を掻い摘んで説明をし、捜索の件を相談した。

「では、お手数ですが、印鑑と身分証明証を持って、署のほうへ一度お越しください」

そこで山口は、早速、警察署へ行ってみることにした。

青池山の舗装された北側の林道を、山口は歩いて登っていた。天気は快晴。爽やかな朝の陽差しが、新緑をいっそう輝かせていた。

m字型の青池山には、主に三つの登山コースがあった。主道は山の中央麓にある富幸寺《ふっこうじ》

の脇道からで、ほかは南北の林道から頂上に至る。その北側の林道入り口付近に、自転車はあった。前カゴ付きで後ろの荷台がない、所謂《いわゆる》シティ・サイクルと呼ばれるタイプで、まだ新しさが残っていた。購入店のシールがサドルのフレームに貼られており、登録番号が警察署で教えてもらったものと一致した。ふと、警察署で応対に出た若い女性署員を思い出した。

「青池山で遭難……、ですか？」

その署員は、半信半疑どころか、首を傾げたふうだった。無理もない。自分も記憶がある限りでは過去に、そんな話は一度も耳にしたことがなかった。それでも、その署員は何かを思い出したようだった。

「そういえば半年ほど前でしたか、お年寄りの捜索願いが出されていました。どうも徘徊中に、その山の竹林に入り込んでしまったようなんです」

「それって、無事だったんですか？」

「確か、目撃情報だけで、まだ発見には至っていなかったはずです。ただ、八〇歳を超えた高齢者だったので、どうやって町中の自宅から一〇キロあまりの道のりを歩いたのか、不思議に思ったのを憶えています」

「そうですか……」

山口の兄は還暦を過ぎているとはいえ、まだまだ呆ける年齢ではなく、竹林に迷い込むとは思えなかった。

「それはともかく、お話を伺った限りでは一般の家出人とは異なり、遭難や水難などの命にかかわる事故に、遭遇している疑いはありますね」

「つまり？」

「そうなると、特異行方不明者に該当しますので、ご希望なら捜索願いを提出してもらうことになります」

「出して、いつから捜索してもらえるのですか？」

「今は、はっきりお答えできませんが、提出してもらってからの検討になります。他署への応援依頼も必要ですので、今はなんとも。それに、ご自宅を出られて一〇日以上も経っていますので……」

話し振りからでは、捜索開始が早くても一両日中になるということはなさそうだった。それに、言葉は濁《にご》したにしろ、遭難となれば日数からして生存の可能性が小さいというのを、懐疑的な表情が暗に示していた。それでも山口は、捜索願いは出しておくことにした。

予《あらかじ》め持参していた印鑑と免許証を使って届出を済ませ、それから、市内にある大型スポーツ店に寄り、あれこれハイキング用品を揃えた。デイパックや軽量タイプのトレッキング・シューズ、キャップ（野球帽）に登山スティックなどである。そして翌日、まずは自分でも動いてみることにしたのだった。

3

実家で自転車のスペアキーは見当たらなかったので、山口は二〜三の工具類を持って出かけた。まず、近くのコンビニへ寄って弁当や飲物を購入し、それからタクシーを拾った。登山口行きのバスがあることはある。それでも、待ち時間や何やらで遅くなるのは避けたかった。

林道入り口までは一〇分あまり。自転車は、そのフェンスそばに置いてあった。その崖下に、車の往来が少ない新設道路が見えていた。

自転車の引き取りは帰りにするとして、早速、林道を登り始めた。道幅は車一台が通れるほどで、すぐにその両脇に竹林が現れた。朝日を受け、あたりには爽やかな緑の影が差していた。が、署で聞いた徘徊老人の話を思い出し、気分が沈んだ。

竹林を過ぎてほどなく、右手に寺の納骨堂らしきものが見えた。

山歩きなど久しぶりであり、ゆるやかな上り坂ではあったが、歩き始めて一〇分もせずに息が切れた。いくら体のために毎日歩いているとはいえ、平地と山道では足への負荷が全く違っていた。心肺器官が、すぐに音をあげた。呼吸は苦しく、心臓が破れるほど激しく打っていた。たまらず立ち止まって、デイパックからドリンクを取り出した。

スポーツ飲料を飲んで一服後、そのあとも度々小休止しながら登っていくと、木々は鬱蒼《うっそう》と繁り、林道の両脇には落ち葉が絨毯《じゅうたん》並みに重なっていた。タイヤが巻き上げるのか、それとも風のせいか、落ち葉は林道の両脇を主にして、あちこちに広がっていた。山口は歩きにくい落ち葉を避け、固いアスファルトの上を歩いていった。

みかん畑や雑木林、そしてジャングル並みの樹林帯を過ぎ、登り始めて一時間あまり。やっと、峠に着いた。一帯の道案内を描いた木製の大きな立て看板があり、その脇に、清水がちょろちょろと流れでる広めの水場があった。その脇から、頂上へと続くけもの道のような小道が見えていた。

手作りの木の標識には、頂上まで〇・九キロ、次の山村まで四・二キロとの表示がある。頂上へ行かず、そこから峠を下れば、県違いの隣町に至る。

山口はタオルで汗を拭き、喉を潤したあと、これからの行動を思案した。途中、小さなお堂があっただけで、野良仕事をする人もいなければ、民家らしきものもなかった。このまま頂上に行ったとしても、展望地があるだけである。

「地元の人でもいれば、話を聞けるのだが……」

そこで、道案内用の大きな立て看板を眺めた。山の簡略図や棲息する小鳥やウサギが描いてあり、その右側には付近の説明も書いてある。

「何々、山の南側には、クスの木の群生林が生い茂り、昼間でも薄暗い木陰をつくりだしている……か」

つい、そこから下る林道を見つめた。まだ未知の坂道は、一帯の樹林の陰を受けて暗いトンネルのようになっている。薄気味悪さを覚え、若干、怖じ気づいた。そこで、頭上を見上げた。

高く伸びた竹林や木々の梢の合間から、すっきりとした青空が見えていた。陽射しは強いにしろ、西側の開けた田園地帯から流れくる五月のそよ風が、汗ばんだ肌に涼やかだった。時間は、まだたっぷりある。山口は民家を求めて峠から林道を下り、先へ行ってみることにした。

峠を下って二〇分あまり、それでも民家らしきものは現れてこなかった。ただ、幾つかS字カーブを過ぎたあたりから、なぜか犬の鳴き声が聞こえてきた。それも何十匹という単位であり、近づくほどにうるさくなってきた。それとともに、足取りが鈍くなっていた。実は山口は、子供の頃の苦い思い出から犬が苦手だった。

隣の住人は度々大型犬を飼っており、あるときなどは自分よりでかい土佐犬もいた。外で遊んでいると、それがヨダレを垂らしながら近づいてきたときには、体が竦んで一歩も動けなくなった。噛まれるというより、食べられるという恐怖心がトラウマになり、今でも犬、特に大型犬は恐怖の対象でしかなかった。

再びカーブを曲がったところで、右手に青いトタン板が連なったフェンスが現れた。高さ二メートル、幅が一〇メートルほどもあり、数枚の古いトタン板と曇りガラスのアルミ戸が連なっている。そこは、工事現場の入口ふうだった。

夥《おびただ》しい犬の鳴き声は、その奥から鳴り響いていた。それはうるさくて嫌なものだったが、大型犬のものではなさそうだった。なら、我慢ができないこともない。それより、人の存在に期待が持てた。そこで、道幅いっぱいに下がって背伸びをしてみた。すると、事務所みたいな一階建ての平らな屋上部分や焼却炉の煙突が垣間見えた。

次にトタン板の下の隙間から中をのぞいてみると、軽トラックのタイヤ部分が見て取れた。

その間も、犬の鳴き声は一向に収まらなかった。どうやら、そこは犬を繁殖させる、所謂パピーミル（子犬工場）らしかった。

「どうしたものか……」

誰かいれば、何か情報を得られるかもしれない。右側のトタン板の並びをよく見ると、中央に錠前が付いており、門戸になっている。そこで、左側にあるアルミ戸のドアノブに手をかけ、回そうとした。そのとたん、犬の鳴き声が一段と大きくなった。それは明らかに異様なものだった。何かに苛立っているのか、それとも怯えているのか、悲痛とも思える鳴き声には様々な犬の感情が混じっていた。

奇異に感じた山口は、やはり訪問を取りやめ、さらに下ってみることにした。

歩くほどに深い樹林が自然の防音壁になるのか、あれほどうるさかった犬の鳴き声が、数分下っただけで聞こえなくなった。ただ、肝心の民家のほうは、一向に現れてこなかった。おまけに、買ったばかりのトレッキング・シューズは足にまだ馴染んでなく、下るほどにつま先が痛くなってきた。

そんな矢先、左手に古い小屋が見えてきた。その前に木製の立て看板があり、ノミのようなもので、〈自然学校　学びの森　〇〇小学校〉と彫ってある。足の痛みもあって山口は、そこで休憩かたがた昼食をとることにした。


小屋は朽ちた佇《たたず》まいにしては、たまに掃除がしてあるらしく、中は意外ときれいにしてあった。入口にドアはなく、床は土間になっている。入ってすぐに錆《さ》びたダルマストーブがあり、中央に木製の大きなテーブルと数個の手作りふう丸太イスがあった。また、天井からは笠付きの電球がふたつ吊るされており、奥の作業台には電動ノコや工具類が雑然と置いてあった。

山口は丸太イスのひとつに腰を下ろして、テーブルの上で早速コンビニで買った幕の内弁当を広げた。

腹を満たして一服すると、携帯の時刻が、ちょうど一二時を表していた。まだまだ、時間はある。

昼食を済ませ、再び下り始めたものの、鬱蒼とした樹林が続くばかりだった。おまけに、足先の痛みも増すばかりである。

「仕方ない。やはり、さっきのところで尋ねてみるか」

山口は踵《きびす》を返して、先ほどの犬の施設を訪ねることにした。


犬の鳴き声が、相変わらず鳴り響いていた。山口が再びアルミ戸の前に立つと、ドアノブに鳥のふんが付いていた。頭上には、近くの電柱から施設内に電線が一本引いてあり、それに止まった鳥が落としたものらしかった。手に付かないように、ズボンのポケットから布地の青いハンカチを取り出し、ドアノブの下のほうに添えた。握って回しはしたものの犬の鳴き声に押されて、やはり開けるのを躊躇した。

ひとつ息を吐いてから扉を引くと、鳴き声が拡声器でも使ったかのように、一挙に襲ってきた。と、同時に、強烈な糞便の匂いに見舞われた。その中には、何やら獣嗅や血のりのような匂い、さらに何かを焼却したような焦げ臭さも混じっていた。たまらず、消化中の胃の内容物が逆流してきた。タオルで口周りを押さえ、必死に嘔吐《えず》きを堪えた。

入ってすぐにプレハブの建物があったので、スライド式のアルミ戸を開けて中に逃げ込んだ。無人のそこは、こじんまりとした事務所ふうになっており、簡易応接セットや事務机などが置いてあった。

壁には、トイプードルやチワワなどの愛玩犬の拡大写真やポスターが何枚も貼ってある。近寄って写真を見ると、パステルカラーの花々をバックに、子犬たちがアイドルふうに写っていた。まるで、お見合い写真かミスコンの応募写真ようである。それでも、あまりの愛くるしさに、つい欲しくなり、下部に書いてある値段に目をやった。

「何々、トイプードル四〇万、チワワ一六万、ミニチュア・ダックス三五万……、ポメラニアン七〇万！」

破格な値段に、思わず感嘆の声をあげた。やはり、そこは子犬を大量に繁殖させるパピーミル（子犬工場）に違いなかった。

それにしても、近くから聞こえてくる犬の鳴き声は、とても子犬だけのものとは思えなかった。かといって大型犬ふうでもないし、いずれにしろ何か殺気だっていた。まるで、屠殺を前に命乞いをするような、そんな必死な吠え方である。動物の異常な鳴き声に山口は身の危険を感じ、やはり、その場を離れることにした。

急いで外へ出たとたん、頭に強い衝撃を受けた。そして、考える間もなく一瞬で意識が飛んだ。

4

雷雨なのか、花火なのか、遠くから騒音が聞こえていた。それは段々と近づいてきて、一気に耳をつんざいた。それが犬の鳴き声だとわかるまで、大して時間はかからなかった。

山口が意識を取り戻すと、手術でもするようなステンレスの台に仰向けで横たわっていた。頭上には剥き出しの薄汚れたコンクリートの天井が広がっており、照明の蛍光灯は所々が切れていた。

頭の奥がズキズキして、思考は鈍かった。体はロープで縛られているらしく、身動きが取れなかった。もっとも、体を動かそうにも力を入れると頭部に痛みが走り、じっとしているしかなかった。

辛うじて頭は動かせたので、状況を知りたくて左に傾けると、室内にはピラミッド型に積まれた三〇個ほどの箱型ケージ（檻《おり》）があった。

一番上の綺麗なケージには最も高そうなポメラニアンが、二番目にはトイプードルやチワワが、そして、下に行くほどケージは古びてしまい、下段には汚物が放置してあるものもあった。その中で、多くの子犬が狭苦しそうに閉じ込められており、愛らしい写真とは真逆に元気なくうずくまっていた。ヒエラルキーにも見えるケージの重なりは、まさに愛玩犬の格差社会を投影していた。ただ、どれもが無理に生まされたせいなのか、病的で弱々しく、触れば崩れそうな儚い命に見えた。

また、その近くにはブロックで囲まれた銭湯ほどの囲があり、その中は真ん中でふたつに仕切られ、それぞれ二〇匹あまりの雑多な犬が吠えながら、押し合い圧《へ》し合いしていた。

主な騒音は、そこからだった。その先の窓にはブラインドがしてあり、外光が入らないようにしてある。また、各壁面の上段には換気扇が回っており、奥のほうには冷凍室らしい、ステンレス製の扉が見えていた。

全体は広めのコンビニほどなのに、囲や多数のケージが場所を占拠しているせいで、せま苦しささえ感じさせた。

自分の置かれた立場がよくわからないにしても、まずい状況であることには違いなかった。それが証拠に、ケージの中から自分を見つめる子犬たちの瞳が、この世の地獄でも見たようにどんよりとして生気なかった。特に、ちょうど目線の高さにいるぬいぐるみみたいな茶色の子犬——もこもことした体毛で覆われている——は、虐待にでもあった幼子のようにぐったりとしてうずくまっていた。それとは反対に、囲の中の犬たちは、狂気を発散するかのように吠えまくっていた。

そのあまりのうるささに聴覚がおかしくなりそうになった頃、ふいに、作業員らしい男の姿が視界に入ってきた。年齢は三〇代前半、短髪で細身の男である。一カ月あまり髭を剃っていないらしく、口髭と顎髭がやぼったく伸びている。体は逞しそうではないのに、右肩には重そうな大きな肉の塊をのせていた。

男が囲の前まで来て、担いだものが何かわかったとき、山口はギョッとなった。それは切断された人の足だった。大人の男性らしいごつい太ももの付け根には、べっとりと血のりが付いていていた。

男はそれを両手で支えるようにして、上体を前に傾けながら囲の中へ落とし入れた。それは、犬らへのディナーだった。犬同士の肉の奪い合いが始まったらしく、鳴き声に加えて互いを威嚇するような唸り声も聞こえてきた。

『ひょっとしたら、自分も犬のエサにされてしまうのか……』

そう閃いたとたん、恐怖で心臓がギュッと締め付けられた。悲惨な予感に、男へ声をかけることとさえ憚れた。

その後、男は二本目の足を持ってくると、また囲に投げ入れた。それで量が足りたらしく、鳴き声や唸り声がずいぶんと収まっていた。

それから間もなくして、男が山口のそばにやって来た。視線が合うと、上気しているのか、顔が赤らんで細い目が吊り上がっていた。

男が口を開いた。

「おまえは誰だ？　ここへ何しに来たんだ？」

「私は山口というものだ。行方不明になった兄を捜しにきただけだ」

相手を刺激しないように、なるべく丁寧に応えた。

「正直に言えよ。ウソをついたら、おまえの指を一本ずつ切り落とすからな」

男はそう言うと、腰に下げた革製の鞘から右手でサバイバルナイフを引き抜いた。

「ウソじゃない。本当だ。一〇日ほど前に、家を出たきりなんだ」

男は山口の右手の指をまとめて掴み、本気の素振りを示した。

「ウソじゃない！　林道の上り口に自転車が置いてあるから、それが証だ！」

「もうひとつ訊く。おまえひとりか？」

「ああ、ひとりだ」

「仲間はいないのか？」

「いない。ひとりで捜しにきた。何か情報でもあればと思って民家を探していたんだが、見つからないので、ここへ寄ったんだ」

「最後に、家族はいるのか？」

こんな場合、年老いた母親がいるとか、幼い子供がいるとか言って、相手の同情を誘ったほうがいいのだろうが、返事に戸惑ったせいで内心を見透かされていた。

「本当のことを言ったほうがいいぜ。そうすれば、痛い思いだけは勘弁してやる」

きっと、恐怖から神経が研ぎ澄まされていたのだろう。それが何を意味するのか、最悪の結末が浮かんだ。

『いずれ、体を切り刻まれて犬のエサになる。こいつは狂ってる』

相手が狂人だとしても、こんな駆け引きには慣れているらしかった。先に植え付けられた恐怖心から、正直に答えるしかなかった。

「いない。ひとり暮らしだ」

「そうか。わかった」

男はナイフを鞘に戻すと、近くの棚へ寄った。ホッとしたのも束の間、男が引き出しの中から取り出してきたものを見て、山口は再びギョッとした。その手には注射器があった。

「何をする気だ？」

「心配するな。麻酔を打つだけだ。痛いのは嫌だろう」

眠らせて、体をバラバラにされるのは容易に想像がついた。とっさに、男の名前を訊いた。

「おれの名か？　まあ、いいだろう。あの世への土産に教えてやろう。おれは船都《ふなと》勇大《ゆうだい》というんだ」

「船都勇大……」

非道な犯罪者の名前、生まれつきの悪名にしか聞こえなかった。

「もうひとつ教えてくれ。ここで何をやってるんだ？　おれをどうするつもりだ？」

「見ての通り、犬のブリーダーさ。最近はエサ代もバカにならないんでね。ハイカーや徘徊の年寄りを拉致しては、経費削減に励んでるっていうわけさ」

注射器が、いよいよ右手上腕に向けられた。ところが、その針先が震えており、また犬につけられたのか、手の甲や指には幾つもの噛み傷や引っ掻き傷があった。さらに、暑くもないのに、その額には脂汗が浮かんでいた。

麻酔で眠らされたら抵抗のしようがない。かといって、体を縛っているロープは緩みそうもなかった。

ほどなく、腕の内関節あたりに耐え難い激痛が走った。痛みと絶望が混じった悲鳴とともに、麻酔液が体内へと入っていった。

5

体の震えとともに、山口は目を覚ました。まるで、雪山にでもいるように、無性に寒かった。震えながら両腕で上体を抱き締めると、組んだ腕が氷柱並みに冷たかった。

薄暗い室内には靄《もや》のように冷気が漂っており、天井から常夜灯らしい照明が、ぼんやりとした光を落としていた。そこは、冷凍室の中だった。

頭の痛みは治まっていたが、その代わり、右腕の注射痕がズキズキと痛んだ。どうやら、男の手が震えていたせいで針先が静脈から外れてしまい、おかげで、あまり麻酔が効かなかったようだ。それに、ありがたいことにロープで縛られてもいなかった。だが、氷点下の超低温が体を凍らせ、その動きを奪っていた。それはロープでなくても、氷のチェーンで拘束されているに等しかった。

あまりの寒さがショックとなって目覚めたにも関わらず、このままでは、いずれ凍死はまぬがれなかった。山口はまず、組んだ両手に息を吹きかけながら温めていき、徐々に手足を動かしていった。そして、体を毛虫のようにゴソゴソさせて、何とか立ち上がろうともがいた。

一〇分あまり寒さと格闘した頃には、目もずいぶんと慣れてきた。と、信じられない光景が浮かび上がってきた。

霜がついた奥の壁面に、乱雑に重なった肉塊があった。目を凝《こ》らすと、それらは人体の部位が幾つも重ねられたものだった。寒さと恐ろしさが綯《な》い交ぜとなり、体の震えが一段とひどくなった。

やっと立ち上がることができたので、恐る恐る肉塊のほうへ近寄ってみた。すると、冷凍されてから何かで切断されたらしく、傷口は割と平面で、あたりに血溜まりもなかった。隅のほうには人の頭部も幾つか置いてあり、中年の男性に混じって、老人や若い女性のものもあった。その中のひとつに、山口は愕然となった。思わず、自分の目を疑い二度見した。が、それは明らかに兄のものだった。

ハイキング中に襲われ、殺されたのだろう。何日も経っているらしく、薄い頭髪や両眉が霜で真っ白になっている。悲しみとともに激しい怒りが込み上げてきた。

「あのゲス野郎が……」

今すぐにでも、兄の仇《あだ》を取ってやりたかった。ドアを探そうと周りを見ると、今度は様々な犬の重なりがあった。恐らくは売れ残ったものか、病気か何かで死んだものらしかった。さらに、異様な物体まであった。

「うん？　これは……！」

そこには、犬とは思えない異形の小さな骸が幾つもあった。前肢が腹部にあるもの、後肢が三本あるもの、双頭にひとつ目など、奇形のニュー・ボーン・ベイビー（生まれたばかりの赤ちゃん）が積み重ねられていた。

「これは何かの悪い冗談か、それとも悪い夢を見ているのか……。やつは、ここで近親の交配でもやっていたのか。しかし、これらをどうするつもりだ？」

その答えは、別の肉塊を目にしたときにわかった。それは、ローストチキンならぬ、ローストドッグだった。そこには、顔全体が牙口になっているホラーもどきも交じっていた。

「これらも食用にするのか？　売れ残ったものや交配に失敗したものまで、食用のために丸焼きにしたのか……。狂ってる、やつは完全に狂ってる」

悪魔の所行としか思えない蛮行に、吐き気を覚えた。それをぐっと飲み込んだ。

これ以上、犠牲者を出さないためにも、狂人の行為をやめさせるためにも、一刻も早く脱出して警察に知らせなければならない――

ところが、やっと見つけた扉の内レバーは外から鍵がかかっており、いくら押しても、びくともしなかった。そこまでが、体力の限界だった。

落胆が気の張りを打ち砕き、山口はその場に崩れ落ちてしまった。そして、氷床並みの冷たい床に横たわったまま、体とともに意識までもが凍り付いていった。

意識が戻ると、山口は再びステンレスの台に横たわっていた。今度はロープで縛られていないにしろ、全身が凍結しており全く動けなかった。意識だけが、半解凍ぎみにどうにかあった。

鼓膜までも凍っているのか、周りの音がくぐもって聞こえていたが、犬の鳴き声は相変わらず室内に響いていた。加えて、強烈な糞便の匂いが充満していた。

ほどなくして、船都の姿が視界に映った。顔色が、昨日より一段と上気している。手にはホースを持っており、犬の糞便を流すためらしく、ホース先端の噴水ノズルを囲の中に向けた。

レバーが引かれ、すぐに放水は始まった。が、数秒も経たないうちに船都は悲鳴をあげ、ホースを放った。急な頭痛にでも襲われたのか、その場にしゃがみ込んで両手で頭を抱え込んだ。レバーが戻って水は止まったが、何かにぶつかって噴水ノズルがその足元に落ちた。すると、水に怯えているかのように慌てて蹴り、自分から遠ざけていた。

ほどなく船都は立ち上がると、ふらつきながら視界から消えた。

再び現れたときには、手にチェーンソーを持っていた。使ったあとに手入れをしていないらしく、チェーンには細かい肉片がこびり付いており、本体にも血飛沫が付いていた。

恐怖が一気に突き上げてきた。

「アワワワ……」

これから実行されるだろう自分の解体に、山口は思わず悲鳴をあげた。が、声帯も凍っていたせいで、白い息が口から噴き出ただけだった。

悪いことに麻酔は効いていない。凍った体が、さらに硬直した。仰向けに横たわったまま、肉体とともに神経も凍って無痛になっているのを願うしかなかった。と、突然、ケージの中の子犬が起き上がり、狂ったように吠え始めた。それは全身茶色に覆われた目線の高さにいた子犬だった。それが明らかに船都に向かって吠えていた。ちょうど、これから行われる非道な行為を諫《いさ》めるかのように。

自分の味方をしてくれているようで、山口は嬉しくなった。おかげで、少しは勇気が湧いた。

犬でも良心があるのに、おまえには人間の心がないのか。犬畜生にも劣るとは船都、おまえのことだ——

山口は、その子犬に目で訴えた。

その勢いで檻から飛び出て、やつの腕を噛みちぎってやれ——と。

しかし、そこで、その子犬が実際には吠えていないことに気づいた。ほかの騒音のせいでわからなかったが、口をパクパクと動かしているだけである。

まさか、声帯を切り取られたのか。飼い主に吠えないように、切り取られたというのか。何と、そこまでひどいことを……——

怒りが一段と湧いてきた。それは肉体の凍結を溶かすほど滾《たぎ》っていた。

「くそったれ、おれが代わりに、ぶちのめしてやる」

だが願いもむなしく、ついにチェーンソーのスイッチが入れられた。スターター・グリップが握られ、二〜三度引かれるとエンジンが唸りをあげた。

ガソリン臭さとともに何度かソーチェーン（切断刃の付いたチェーン）が回転すると、甲高い音に犬の鳴き声が掻き消された。頭上にある船都の表情といえば、苦痛に耐えているのか、狂犬並みに顔をしかめて目も血走っている。

いよいよ、チェーンソーが振り上げられた。山口は瞼あたりは解凍しており、目を閉じることはできたにしろ、高速回転を続けるソーチェーンから目が外せなかった。それが、ついに右肩に向けて振りかざされた。さすがに、目を閉じようとしたときだった。

突然、船都に異変が起こった。

白目をむいたかと思うと急に口から泡を噴き出しながら、後ろにのけぞり悶絶してしまった。その上に、運悪くチェーンソーが落ちた。すると、高速回転を続ける切断刃が、一瞬で衣服と肉骨片を噴き飛ばしていた。悲鳴とともに、抉られた傷口から大量の出血が迸《ほとばし》り、瞬く間にあたりが赤く染まった。血の匂いに興奮したのか、犬たちは狂ったように吠え続けていた。

6

時間の経過とともに体の解凍が進み、山口が少しは動けるようになった頃、あたりは静寂に包まれていた。犬たちは鳴き疲れたのか、それとも、あまりの凄惨な出来事に声も出ないのか、いずれにしろ、怯えているふうだった。

しばらくして、山口が何とか起き上がれたときには、完全に船都は事切れていた。その体は己れの鮮血にまみれ、顔は大きく歪んで絶叫の名残を留めていた。

室内の壁時計が一〇時を指していた。部屋を出る前に、山口はできるだけケージの留め金を外していった。勇敢な姿を見せてくれた茶色い子犬については、外に出してやることにした。

疲れたのか、両手で抱えている間、おとなしくしていた。ほか、数匹を出してやるのが限界だった。

よろめきながら建物から出ると、明るい外光が目に痛かった。まだ、チェーンソーの残音が耳奥で鳴り響いていた。再び、犬の鳴き声が聞こえてきた。今度は何を言っているのかわかった。それは、
ここから出して——と訴えていた。

山口は一度振り返って呟いた、「もう心配いらない」と。

事務所を通り過ぎ、やっと入口のアルミ戸に辿り着いた。ドアノブを握り、押した瞬間だった。そのまま引っ張られ、外に躍り出た。そこには、青いハンカチを手にした若い婦人警官が、驚き顔で立っていた。そのハンカチは山口が中に入る際に、犬の鳴き声に驚いて落としたものだった。

そばに小型のパトカーも止まっていた。その車内に、もうひとりの警官の姿が垣間見えたとき、安堵感から山口は再び気を失っていた。

一週間後、病院を退院して事情聴取を終えた山口は、実家に戻っていた。ダイニングのイスに座って朝刊に目を通していると、一面のヘッドラインの左側に事件のことが大きく載っていた。そこには、山口がマスコミ関係者から受けた取材内容も含まれていた。

「悪質ブリーダーによる猟奇連続殺人……か」

司法解剖により、船都は狂犬病に罹患《りかん》していたことが判明していた。そして、冷凍室にあった遺体のＤＮＡ鑑定から、それぞれの身元も明らかになっていた。それによると、犠牲者はハイカー三名と徘徊老人一名。ハイカーは、いずれも単独で山登りに出かけており、それから数日経って、家族や親族から捜索願いが出されていた。独り暮らしだったのもあり、また居住が県違いだったために、その発覚が遅れたとのことだった。また、この繁殖場の実態については、ブリーダーの廃業者から子犬を引き取り、その上、売れ残った子犬まで安価で買い取り、それらも食用に利用していたということが暴露してあった。さらに、交配に失敗したものまで加えて、畜産飼料として闇ルートに流していたというおぞましい実態までも。

繁殖場にいた子犬については、動物愛護団体やその活動に力を入れている近隣の自治体により、手分けして保護される旨が記載してあった。

山口もこれを機に一匹でも引き取ろうかとも思ったが、まずは兄の葬儀を済ますことが先決であり、そのあとで考えることにした。今回の件で、ひとつ確信していることがあった。

それは船都が狂犬病に罹ったのは、偶然ではないということ。記事にはそこまで載ってはいなかったが、仕事柄、ワクチンは打っているはずである。それでも発症したのは、たまたまとは思えなかった。

『あれはきっと、虐げられた犬たちが、何とか一矢報いたかったんだ。だから、恨みを込めて、やつの手を噛んだんだ……』

恐らく、ワクチンをけちって、全犬には打ってはいなかったのだろう。自業自得だ——

さらに、もうひとつ、確信していることがあった。それは、脱出時に自分と婦警のドアを開けたタイミングが重なったのは、単なる偶然ではなく変能力が働いたせいだろうということ。それが、たとえ何の役にも立たない能力であっても、自分に備えられた唯一のものであり、死んでしまえば、それさえなくなってしまう。生き延びた今、そんなものでも愛しく思えた。

ただ、九死に一生を得たのは、自分の能力のせいかどうかは疑わしかった。

あの瞬間、やつがチェーンソーを振り上げたとき、ちょうど発作を起こしてくれた。もし、口から泡を噴いてくれなかったら、一分でもタイミングがずれていたら、この体はバラバラにされていただろう。それは自分の能力のおかげなのだろうか。しかし、あの偶然の一致は自分ではなく、相手に起こったことだ。それも変能力のせいだったのだろうか。自分の力が相手にそうさせたのだろうか。もし、そうなら……――

今後、似たような出来事が発生すれば、それも自分の能力だと認定できるかもしれない。だとすると、役に立たない能力が進化して、それこそ本当の超能力になったことになる。だけど、そうはいっても今度のような恐ろしい体験は、もう二度とゴメンだった。

身内だけで兄の葬式を済ませ、山口が自宅のマンションに戻れたのは、事件から一カ月あまりしてからだった。実家の処分はまだ先として、まずは里に戻っている妻へ手紙を書いた。それを入れた郵便パックには、ほかにも数枚の写真等が同封してあった。整理整頓された室内、昼食や夕食に自ら作った料理、妻が大ファンだったブルーノ・マーズの新作アルバム。さらに、好きなものを選んでと書いたデパートの商品カタログまでも。

それで妻の機嫌が直るとも思えなかったが、唯一の肉親を亡くした今となっては、長らく一緒に暮らした妻だけが、一番身近な存在だった。もう一度、やり直すためには、できるだけ懺悔《ざんげ》の念を表しておきたかった。それでダメなら仕方がない。まだまだ長い人生、まずは健康が一番である。

山口はジョギングに行くことにし、午後の情報番組を見ながら夏用のスポーツウエアに着がえた。

ふと、喉の渇きを覚え、冷蔵庫から缶ジュースを取り出そうと掴んだときだった。ちょうど、テレビから甘酒のＣＭが流れてきた。

「熱中症対策に甘酒をか……」

本来の能力が働いたのなら、缶ジュースのＣＭが流れるはずである。そうではなく、ここにきてこの変な能力が進化したのか、健康を気づかい警告を発してくれているかのようだった。

「じゃあ、あとでコンビニでも寄って買って帰るか」

山口は一旦、手にした缶ジュースを冷蔵庫に戻した。

これまで意味のなかった偶然の一致も、これからは何か役に立つようになるのかもしれない――

そんな予感に、その日はいつもより速く走れるような気がした。

（了）

あとがき

スウェーデンの環境活動家グレタ・トゥーンベリさんが、「How dare you!　よくもそんなことを（やってくれたわね）」と、国連でスピーチをして久しいが、まだ幼さの残る外見に反して、その鬼気迫る訴えに感銘を受けた方も多いだろう。ノーベル賞に推薦された彼女を引き合いに出すのもおこがましいが、お陰で温暖化の危機を訴えていた頃の初心を思い出した。

その危うさを描いた小説「氷河の叫び」から、ネパール・ヒマラヤ（エベレスト方面）での現地取材も含めれば、早二〇年。彼女の怒りと違って、私の場合は将来への不安が膨らみ、ホラータッチの内容になった。そして、今回はヒマラヤの氷河から、シベリア・ヤマル半島の永久凍土へと向かった。そこでは、想像以上に融解が進んでおり、湖沼の増加とともに洪水も頻繁に起こっていた。さらに、地中に貯まったメタンガスが放出しており、温室効果を高めていた。

また、それに伴い危惧されるのが、凍土層に眠るウイルスや水銀である。時々、冷凍マンモスが掘り出されるが、ほかにも文中で書いたように、当時不治の病だった病原菌や絶滅したはずのウイルスが再び現れているそうだ。後者の水銀に関しては、ある科学者の調査によれば、北極圏の永久凍土層には推定五七〇〇万リットルの埋蔵があるとのこと。恐いのは辺りのバクテリアと化学変化を起こして、メチル水銀に変容すると何かのレポートで読んだ。もし、それが本当なら、海洋に流れ出せば、水俣病のような症状を引き起こすかもしれない。早急な科学的調査と隠蔽《いんぺい》なき情報公開を望みたい。

温暖化がCO_2を始めとする温室ガスに起因するなら、大量に排出する我々が言葉はきついが加害者である。そして、それが異常気象を起こして熱波や台風をもたらせば、いずれその加害者となる（既になっているが）。当時の小説のあとがきを読み返してみると、その時も同じようなことを書いていた。新たに気づいたのは、犠牲になるのは多くが一般の人たち（もちろん弱者も）であるということだ。

それなのに、日本の某企業が天然ガス田開発のために、巨額の投資を決めたという報道があった。石炭火力よりCO_2の排出量が少ないとはいえ、化石燃料には変わりない。脱炭素社会への移行が叫ばれているのに、なぜ、クリーンエネルギーの開発に資金を回さないのか、首を傾げる人も多いだろう。それに、本文では少しデフォルメしたにしろ、遊牧の民・ネネツの人々の苦況は、今に始まったことではない。参考にしたナショナル・ジオグラフィックは、二年も前に発刊されたものだ。

巨額投資により、今後もパイプラインや道路、精製施設などが増設されるだろう。それは遊牧ルートが荒らされることを意味しており、何百年と続いてきた伝統生活が危機に瀕している。

グローバル化の中で多様性の大切さが共通認識になってきているのに、なぜ、関係者は相手を思いやれなかったのだろう。やはり、私も言わずにはいられない。

「How dare you!」と。

前作「悪魔のリング」と対極をなす「天使のリング」は、悲劇に見舞われた人々の救済を願って書いた小説である。様々な事件や事故が起こる昨今、辛い思いをされた人たちの少しでも癒しになれば幸いである。ところで、私事ながらゴールドリングの目撃やアイオワのバーでの一件は、実際に経験したことがベースになっている。もっとも、後の件は数人の学生仲間と訪れていたのもあり、すぐに逃げ帰ったが。それはともかく、これまでも先住民の話を書いてきた。ずいぶん前に読んだ北米インディアンについても、いつかは書きたいと思っていた。その悲しい歴史については今更言うまでもないが（アメリカ・インディアン悲史　藤永茂氏著を参考）、後半のアメリカ編が、その理解に役立ってくれれば幸いである。

「ロスト・パピィズ」については当時、テレビや雑誌でパピィミル（子犬生産工場）が社会問題になっていたのもあり、今回取り上げてみた。これはたまたまなのだが、ハイキングの途中でそれらしき所を見つけた。山中の不気味さもあり、ホラータッチの内容になった。尚、主人公が経験する偶然の一致は、ほとんどが我が身に起こったことである。確かに、何の役にも立たない能力？にしても、当初は意図していなかった変能力者シリーズの五作目につながったのを鑑《かんが》みれば、少しは役に立ったのかもしれない。そして、それは今も週一ぐらいで起こっている。

こんな変な能力を持っている人は、ほかにもいるだろう。お互いオープンにして話し合うのも楽しいかもしれない。ちなみに、当編集責任者の佐藤氏は、超速読が特技である。こちらは、もはや特殊能力であり、お陰で迅速かつ的確なアドバイスに、いつも助けられている。ここで改めて謝意を表したい。

ところで、取材のためにペットショップを訪れた際、子犬たちの余りにも弱々しい姿にショックを受けた。あの震えとも怯えとも取れる姿に、虚しさを覚えるのは私だけだろうか。

最後に、今後について述べておく。私は捕鯨バッシングを憂う一人だが、捕鯨にしてもトナカイの遊牧にしても、国家や組織暴力による勝手な理屈で、人々の長年の営みを蔑《ないがし》ろにしている。そんな例としてチベットやウイグルが度々取り上げられるが、日本に目を向ければ和歌山の太地町もそうだろう。人々の生活を破壊する正義や論理などあろうはずがない。

踏みにじられるほうをアメリカ先住民に例えるなら、「インディアンの悲劇」は、まだ終わっていないのである。最近は、そんなテーマが見えてきた。それが次回作になるだろう。

（著者　高見　翔）

【著者略歴】
高見　翔（たかみ　しょう）
福岡県出身。大手信販会社に勤務後、日本語教師として渡米。その後、ベルビュー大学で社会学等を学び、塾講師を経て現在に至る。環境問題や異文化理解をテーマに執筆、チャリティー本も手がける。
代表作「天使の階段」「氷河の叫び」「新・サンタクロースの伝説　オーロラの輝きに乗って」「飛べ、暗黒を裂いて」「ニューロンの迷宮」「変能力者の憂うつ」など。

地《ち》の果《は》てへ　――最後《さいご》の贈《おく》り物《もの》――

2020年2月27日　第1刷発行

著　者 ― 高見《たかみ》　翔《しょう》

発行者 ― 佐藤　聡

発行所 ― 株式会社 郁朋社《いくほうしや》

〒101-0061　東京都千代田区神田三崎町2-20-4
電　話　03（3234）8923（代表）
ＦＡＸ　03（3234）3948
振　替　00160-5-100328

印刷·製本 ― 日本ハイコム株式会社

落丁、乱丁本はお取り替え致します。

郁朋社ホームページアドレス　http://www.ikuhousha.com
この本に関するご意見・ご感想をメールでお寄せいただく際は、
comment@ikuhousha.com までお願い致します。

 Printed in Japan　ISBN978-4-87302-714-2 C0093

高見翔のｅシリーズ 既刊案内

※ｅとは地球（earth）、エコ（ecology）、環境（environment）の頭文字です。

天使の階段

ニュースキャスターのアンジェラは、旅先のオーストラリアで禁断の地へ迷い込んでしまう。そこで待っていたのは、人間再生への凄絶な儀式だった。アボリジニ五万年の軌跡を描いた感動作。

B6 上製 240 頁　定価：本体 1,400 円＋税

氷河の叫び

氷河の融解によって放出される太古のガス。それは罪深き人間を悪夢へと誘う地獄の香りだった。ネパール（エベレスト）、アメリカ、そして日本を舞台に、温暖化の恐怖を描いた戦慄の物語。

B6 上製 384 頁　定価：本体 1,700 円＋税

新・サンタクロースの伝説

オーロラの輝きに乗って

伝説を追って極寒の地ラップランドへ。そこには人間サンタクロースの愛と苦悩があった。北欧に生きる「トナカイの民」の長老が語る、驚きの真実とは。リニューアル版

B6 並製 208 頁　定価：本体 1,300 円＋税
